物語に一切関係ないタイプの強キャラに転生しました

Reincarnated as a type of Kyouchara that has nothing to do with the story

2

音々
イラスト
Genyaky

CONTENTS

illustration by Genyaky / design by AFTERGLOW

LIVIA & THANATOS YAND

セブン

物語に一切関係ないタイプの強キャラに転生しました２

音々

角川スニーカー文庫

24119

口絵・本文イラスト／Genyaky
口絵・本文デザイン／AFTERGLOW

プロローグ

クエストを受注、そしてエリア移動。

『行きましょう、ケビン。たとえわたくし達の一歩が些細《ささい》と表現されてしまうほどに小さいものであるのだとしても、それを一歩一歩と地道に刻み続ければいずれ悲願へと辿《たど》り着けるわ』


ゲーム内の役割で言うとナビゲーター役であるキャラクター、セブンのセリフと共に画面が切り替わり、そして主人公のケビンが降り立ったのは開発放棄エリア。

ここはメインストーリーとは少し逸《そ》れたサブストーリー内でのみ訪れる事が出来る、いわゆる採取専用エリアである。

敵モブを倒して経験値を集めても良いし、エリア内に設置されている採取ポイントからアイテムを回収しても良い。

たまにレア敵も登場する時があり、それらは他の一般敵よりも多いアイテムと経験値を落とすため、率先して倒さなくてはならない。

今回の俺はどちらかというと経験値集めが目的。

ひたすら現れる機械人形達をばっさばっさ切り捨てていきつつ、時折近くに採取ポイントがあったらついでにアイテムを回収しておく。

『全く、放棄するというのならばすべての機能を停止していって欲しいものね。わたくしが言うのもなんだけれども』

途中、セブンのボイスがランダムに再生される。

いわゆるゲームを飽きさせないための要素であり、実際かなりの種類が用意されているので周回中に何度も聞かされているがそこまで辟易《へきえき》しない。

とはいえ周回してゲームをプレイしている勢の俺からすると既に左から右へと聞き流すフェーズへと移行しているため、割と無感情でボイスを聞いているところもあったりする。

そしてセブンのセリフの読み上げが機械的チックなのもそれを助長させている。

とはいえボイスが機械的なのはセブンというキャラクター性を表しているので仕方がな

いとも言える。

セブン・クラウン。

それは『ネオンライト』というゲームの中で、最も登場シーンが少ないのにもかかわらず、最もセリフが多いキャラクターである。

その上、ナビゲーター役でもあるので自然とプレイヤーが一番ボイスを聞く事になるキャラクターでもあった。

とはいえ、セブンの容姿を正確に記憶している者は全くいないだろう。

というのも、セブンというキャラクターには容姿というものが存在しないからだ。

……セブンというキャラクターは、それこそボスキャラクターであるグリムと同じような存在である。

つまり、人工知能。

肉体を持たない、機械仕掛けの知能。

言ってしまえばこの『ネオンライト』というゲームはケビンというキャラクターを操作する王道なファンタジーＲＰＧでありながら、そのストーリーは善の人工知能と悪の人工知能との戦いを描くかなりＳＦチックな内容なのである。

人工知能同士の戦いというとそれこそ機械的に進行していきそうだが、しかしながら二人とも人間味に溢《あふ》れている存在だったので感情移入出来るポイントはいくつもあった。

そして「これ」というキャラクターデザインを公表していなかったため、同人作家達が好き勝手に自分だけのセブンを創作し始めてかなり混沌《こんとん》としていた。

ちなみに自分は、セブンは大人っぽいお姉さんキャラ派でした。


『まるで遠足気分ね』


セブンというキャラクターは人工知能であるという事から味方サイドから割かし無茶《むちゃ》振りをされる事が多かった。

それらをすべて解決していった上で包容力のある性格をしていたので、キャラクターデザインがないのにもかかわらずかなりのユーザーが彼女の事を推していた。

俺もまたそのうちの一人である。

というか俺の場合は登場キャラすべてが推しキャラであったので例外かもしれないけど。

『帰還しましょう、ケビン。この後はゆっくりお休みしましょう』

コントローラーを操作し、ケビンを操作する。

ストーリーの序盤。

第一ステージのボスキャラ、リヴィアを倒してすぐの話だった。

1　疲労の頭に絶叫がすーっと響く

1

セブン・クラウンにとってレジスタンスという存在が何よりも悩みの種となっている事は誰よりも自覚していた。

母数が増えれば増えるほど多様性も比例的に増えていく事は分かっていたが、まさかここまで【十三階段】によって虐げられた者が多いとは思ってもいなかった。

しかし、最初に掲げた理念をここに来て曲げる事はメンバー達への裏切りでもあるし、そもそもそんな事をしたら大なり小なり反乱が起きそうで恐《こわ》かった。

別に自分がどうなろうと構わない。

『そもそも自分の代わりは存在しているのだし』

ただ、その所為《せい》で無関係の人間が傷つく可能性がある事を考えると、安易な選択を取る事は出来なかった。

「リーダー、何を悠長に構えているんだ！」

口角泡を飛ばしながらこちらに怒鳴って来る男。

その背後には数人の男女が直立不動でセブンの事を睨《にら》みつけていた。

彼等《ら》の容姿格好はバラバラで、ただ同じデザインのバンダナをどこかしらに身に着けている事くらいしか共通点はない。

逆に言うと、その共通点があるというのが厄介なのだが。

「こんな風に時間を無駄にしている間にも、【十三階段】の被害者は増え続けている！」

「……何度も言うけど、わたくし達は最終的に最大多数の幸福を獲得しなくてはならないの」

胃がずんずん痛むのを自覚しながら、セブンは極めて冷静である事を心掛けながら答えた。

「わたくし達の立ち位置は『悪』であり――」

「俺達は正しい事をやっている！」

「――話は最後まで聞きなさい。わたくし達がやっていく事を正しく歴史に刻み込むためには、まず確実に勝者にならなくてはならないわ。だから感情的になって無茶な事は出来ないし、させる事は出来ない。その事は理解してちょうだい」

セブンの言葉に対し、しかし男はただ一言「……臆病者め」と呟《つぶや》く。

それでもどうやらお互いに主張を譲る意思がない事は理解したようで、舌打ちをした後に男は「行くぞ」とその場にいたメンバーに声を掛け、部屋から出ていく。

「頼むから無茶な事はしないでー……」

……一人きりになったセブンは弱々しく呟く。

そんな彼女も、彼等が将来的に遅かれ早かれ無茶な事をするのは予想がついていた。

そしてそんな彼等の事も慮《おもんぱか》り、気にしてしまうからこそセブンはますます頭を悩ませる他なかったのだった。


「……いいえ。兎《と》に角《かく》今は予定通りに計画を進めないと」


ふらふらしながら立ち上がり、それから気合を込めて背筋をしゃんと伸ばす。

疲労が溜《た》まっているのは確かだが、それでも足を止める訳にはいかない。

目的の為に、悲願の為に。

何より――『彼』の無念を晴らしたいという我欲の為に。

足を、止める訳にはいかないのだ。


「お願いだから想定外な事は起きないで欲しいわねー」

何となくフラグっぽい言葉になっちゃったなと思いつつ、セブンもまたその部屋を後にするのだった。

2

俺の幼少期の話である。

その頃の俺は今とは少し違っていて原作の事を隅々まで味わい尽くしたいと思っていた。

だから、まずは強くなりたいと思った。

……いや、戦闘民族だったからではない。

そもそもこの世界、というか『ネオンライト』はゲームな訳だし、だからそのゲーム要素を味わいたいと思ったのだ。

その過程で原作に干渉してしまうのではないかという不安に関しては、残念な事にその頃は一切感じていなかった。

むしろ、転生モノの小説みたいに俺ツエーしたって良いくらいに考えていたのである。

だからこそ、まずは魔法。

それに魔法剣。

そこら辺について学ぼうと思った俺は、まず祖母に頼ろうと思った。

というか俺の両親は物心ついた頃からいなかったし、その理由に関しても祖母は一切教えてくれなかった。

だから結果的に祖母しか頼る相手がいなかったとも言えるが、それはさておき。

最初こそ渋っていた祖母だったが、それでも俺の熱心な頼みにより――あとは単にしつこかったんだと思う――結局折れてくれ、そして基本的な事を教えてくれる事になった。

「とはいえ、魔法なんて才能に左右されるものである以上に感覚的なモノに頼りがちなものだからねぇ」

「なるほど」

「体内にある魔力を体外に出して、それに形を与えてやるって感じだよ」

「こうか？」

俺の目の前に現れた光の球。

キラキラと虹色に輝く実体のない光源は正しく魔法チックである。

「おーすげーな。これが魔法の基礎って奴《やつ》なの、か？」

「え、なにそれ意味分からんこわ……」

「はい？」

「いや、何でもないよ何でもない――それより、兎に角魔力を体外に出せたのならばあとはソレで現象を起こすだけだね。まあ、理由は分からないけど光を放つ球を作り出せただけでも凄《すご》いとは――」

「なるほど現象か。とりあえずぶん投げれば良いのか？」

「は？」


とりあえずその球を摑《つか》んで、遠くにぶん投げてみた。

刹那、大爆発。

虹色の大爆発。

俺、大興奮。

「す、すげー。流石《さすが》は魔法……！」

「ええ……？」

「初歩的な魔法……いや、魔法とすら言えないような奴ですらこの威力。本格的に魔法を覚えちゃったらどうなるんだろ！」

「い、いや……」

「で、ばあちゃん。あれって何魔法に分類？　というか何魔法って呼ぶべきなんだ？」

祖母は言う。

「ば、爆発魔法……？」

何やら混乱していた祖母だったが、しかしながら当時の俺は爆発魔法とかいう未知の魔法に大興奮だったのである。

「ふ、ふ……！　もしや設定はされてたけど結局は追加されなかった奴か？　何それ興奮するぜ」

「え、おい」

「よっしゃ最強を目指してやるぜ！」

「おーい、聞いているかー？」

「うおーっ」


それから俺は、自身の言葉を借りるのならば「最強を目指し」始めたのである。

学校が終われば友達と遊ぶという事もなく真っすぐ家に帰って魔法の練習やら剣術の練習やらをする。

その過程で「切断」が生まれた訳だが、実際のところこれは俺が名付けたものなので、もしかしたらゲーム開発陣はもっと違う名前を付けていたかもしれない。

兎に角、俺は本気で努力をし続けた。

それで、どうなったのかと言うと——

「ねえ、ルクス君さぁ。ほんと君、仕事というものに向いてないよねぇ？」
「す、すみません……」

ブラックな企業の戦士に成り下がる羽目になりました、はい。
多分、就職難民にならなかっただけ良かったと思う。

3

まあ、結論から言うとやはりなんだかんだ言っても学歴は大事だなって。
そんな当然の事に、今更ながら気づく事になるなんて思いもしなかった。
人生二度目なのにそんな当たり前の事を分かっていなかったのかとかは言わないで欲し

い。

その頃の俺は、ひたすらゲームの世界に転生したという事実が嬉《うれ》しくて仕方がなかったのだ。

……言い訳したところで、人生というものは後戻り出来ないというのは今世でも同じであり。

だからまあ、過去の俺の失態によって生まれた負債を現在の俺が返す事になっている訳だが。


勉強は当たり前のように疎《おろそ》かにしてきたし、学校の放課後はというとこれまた当たり前のように祖母と訓練に明け暮れていたので、友達との交流はほとんどなかった。

で、どうなったかと言うと普通にボッチ陰キャが出来上がった訳ですね。

何も変化ないじゃんとか突っ込んではいけない。

そんな事を言われたら流石に泣いちゃう。

例によって例の如く原作から最も遠い場所にいるし、ていうか原作が今どうなっているかどうかもほぼ分かっていない。

少なくとも彼女、リヴィアと主人公ケビンとの戦いは起きたみたいだが、逆に言うとそれは既に原作が始まっているという事を意味する。

もしかしたら既に原作は終わってしまっているのかも？

いや、流石にそれはないだろうけど、だけど時間が経《た》てば経つほどに原作は進み、終わりへと突き進んでいく。

その場合どうなってしまうのかは分からないが、とりあえず大混乱が起こる事は容易に想像出来る。

現状、ラスボスはネオンシティにしっかりと根付いている訳だし、それが倒されれば大きな衝撃が都市全体に響き渡る事だろう。

その場合、どのような事が起きるのか。

……大リストラ時代が来ないと良いなぁ。

仕事は辞めたいと常日頃から思っているが、とはいえ仕事を失いたい訳ではないのがなかなかに厄介なところである。

ぶっちゃけ、それこそ前世で良く言われていた「一兆円欲しい」状態だ。

お金があればすぐに仕事なんか辞めている。

逆に言うと、お金がないから仕方なく仕事をやっている状態とも言えるが……

さて。

今日も今日とて俺は夜遅くまで仕事に追われ、結局へとへとになるまで消費させられた肉体はただ家へと向かうだけの機械へと成り下がっていた。

とぼとぼと途中でコンビニに寄り弁当を購入。

そのまま俺は何度も溜息《ためいき》を吐きながら自宅へと到着。

少しだけ重たい扉を開け——そして奥から香《かぐわ》しい料理の匂いが漂ってくるのを感じた。


「あ、おかえりなさい」


……リヴィアが「遅かったわねー」とか片手に菜箸を持ちながら俺を出迎えてくれる。

それを見、そう言えば俺には夜ご飯を作って待っててくれる人(?)がいた事を思い出した。

瞬間、泣き出しそうになった。

ビニール袋の中にあるコンビニ弁当。

リヴィアがご飯を作って待っていてくれている事を忘れていたから、つい買ってきてしまった。

いや、正確に言うのならば今まではそれが当たり前だったのだ。

弁当を購入し、そしてそれでお腹《なか》を膨らませた後シャワーを浴びて倒れ込むようにベッドで眠る。

悪夢に魘《うな》されない限りは夢のない眠りを数時間。

憂鬱な気分で起き、そしてまた仕事へと向かう。

そのような日常を送ってきていました。


だが、今は違う！

なんと今は、美味《おい》しい料理を作ってくれる同居人がいるのだ！

それだけで涙が出てきそうだぁ……！

「この前、圧力鍋がキッチンに置いてあった――というより放置されっぱなしだったのを発見したから、今日は手の込んだ料理に挑戦してみたわ。豚の角煮を作ってみたから早く手を洗って一緒にご飯を食べましょ」

「あ、ああ」

俺は一歩踏み出そうとし、そしてくらっと前に倒れ込んでしまう。

そのまま目の前にいたリヴィアを押し倒しそうになったが、しかし相手は人間ではない。

普通に余裕で俺の身体を抱きとめた彼女は「仕事、大変なのね」と半分呆《あき》れたような調子で俺に言う。

「人間というのも労働に縛られて大変よね。昔よりも随分と出来る事が増えて沢山の娯楽も増えたというのに、それらを楽しむ事はあまり出来ないでその上自由も減っているように見えるもの」

「反論出来ん……」

「ま、それに関しては文明の進歩の代償ってモノでしょうから単純に『馬鹿馬鹿しい』と表現するのもおかしいとは思うけど。事実、有り余るほどに存在する楽しい事を十分に楽しめないってだけで、その密度自体はかなりのものだし」

「ペングィーンとかか？」

「言わずもがなね」

如何《いか》にも「どや」って感じで微笑《ほほえ》むリヴィア。

そんな風に言う彼女は、現在まさにペングィーンのプリントがされた服を着ている。

ちなみに、この前ペングィーンランドに行った時に購入したお土産である。

5着ほど購入し、3着は彼女で残りはタナトスのもの。

……タナトスが着ているところはほとんど見ないが、リヴィアはノリノリで暇さえあれば着ているような気がする。

どれだけペングィーンの事好きなんだよ。

まあ、好きなものがあるって事は素敵な事だとは思うけど。


と、そこで。

「王子様……？」

顔を上げて声のした方向を見ると、なんか包丁を両手で持っているタナトスの姿があった。

表情はうすどんよりとしていて瞳に光が宿っていないが、それはひとまず置いておいて。

「え、タナトスさん料理手伝ったの？」

「いや、そこをまず突っ込みますかー？」

「……コンビニ弁当を購入したのは正解というか天啓だったか？」

「王子様的に私の存在ってどんな感じになってるのー!?」

「自分の胸に手を当てて良く考えてみる事だな」

「平べったいなーと思いますねぇ」

そこじゃねえ。

「こんな事なら分離する時にリヴィアからぶん取っておけば良かったなーとも思いますよー」

そういう事でもねえ。

ていうか、元々が悪龍《あくりゅう》リヴァイアサンで現在はリヴィアとタナトスに分かれている状態だってのは設定資料集とか読んでいるから知ってたけど、その、二人のおっぱいのサイズ感が文字通り「あり」と「なし」なのってそういう事なのかよ。

あ、あんまり知りたくなかったなそこについては。

「ていうか、こんなところで立ち話をしていたらご飯が冷めるわ。話を戻すようでなんだけど、さっさとご飯食べましょうよ」

「ああ、そうだな」

「そしてタナトス、貴方《あなた》はなんで包丁を持っているのかしら？　調理はもう終わっていたと思ったけど、まさか何か作ろうだなんて無謀な事を考えているの？」

「いや、その。ヤンデレ属性的にはここは包丁を持って登場すべきかと思いまして──」

「……ヤンデレ？」

首を傾《かし》げるリヴィア。

「寝言は寝ながら言うと良いわ」

「普段から『お兄さん、ペングィーンになってどうしたのあまりにも素敵！』とか言っている人の発言は説得力が違いますねぇ」

「う、五月蠅《うるさ》いわねっていうかそんな寝言言っているの私って……？」

「録音しているから後で聞きます？」

「いや、とりあえずは」

俺は二人の会話に割って入る。

「……ひとまず、食事をしようか」

4

「いやー、ご飯が美味しい！　美味しいご飯って最っ高ですねぇ」

がったんがったんと貧乏ゆすりをしながら舌鼓を打つタナトスを見、最近なんだか妙に元気そうだなと不思議に思う。

彼女という人物——悪龍なのでこの表現は少し間違っている気もするが——の事を俺はまだそこまで把握し切っていないので、むしろ今のテンションが彼女の素という可能性は十二分にある。

だが、それにしたってタナトスが目をきらきらさせながらむしゃりむしゃりとご飯を食べているその様子はあまりにも違和感がある。

ていうか、最初出会った時はもうちょっと大人しいというかダウナーな感じだった気がするのだが。

こう、何事も面倒臭くてやる気が出ないーって感じの様子。

現実を舐《な》め腐っているような姿とも言う。


「……」


そして。

元気に汚らしくご飯を食べ散らかしているタナトスの姿を見、リヴィアはなんて言うか微妙な表情を浮かべていた。

どのような反応をして良いのか困っているような感じだった。

そのような表情を浮かべたい気持ちは分かるが、しかしだとすると現在の彼女の様子はリヴィアにとっても意外というか困惑するような事だというのだろうか？

リヴィアとタナトスは結構な期間、離れ離れになっていたので、その間にお互いの印象を忘れてしまっていたという可能性もあるけど……


「いやー、お漬け物んまい！　美味しい！　食べず嫌いなんてするものじゃありませんねー、何事もチャレンジ！」

「……ん？」


そんな事を言いながら、まさにずっと食わず嫌いして食べていなかったきゅうりの漬け物をばっくばくと食べまくる始末。

今までリヴィアと俺が美味しい、食べなよとどれだけ言って勧めても食べていなかったものを平気な顔をして食べていた。

ここまで行くともはやキャラ変レベルなのではないかとも思った。

一周回らなくても気持ち悪い。

「……なあ、リヴィア」

「ん……？」

と、タナトスに気づかれないように部屋の外をちらっと見、そちらに移動して話をしようと目配せをする。

すぐに俺の意図を察したようで、さりげない仕草で立ち上がったリヴィアはそのまま自然な足取りで部屋の外へと出て行った。

俺も彼女に倣って部屋を出、そして完全にタナトスが視界から消えた時点でリヴィアが「いや、私は何もしてないわよ」と先回りして否定してくるのだった。

「あの子があの調子なのは、少なくとも私が何かした訳ではないわよ？」

「じゃあ、あれか。オンラインゲームのランキングで調子良いとか」

「相変わらず私よりも下ね」

え、そうなの？

しかしそこら辺に関して彼女は特に深く言及するつもりはないらしかった。

「当然、ソシャゲで最高レアのキャラクターを二枚抜きしたとかそういう話もないわね」

「そう、か。じゃあマジでなんであんなに元気なんだろうか」

「それよりも、お兄さん。一つ気になっていた事があるんだけど」

と、そこで彼女はちらりとキッチンがある方向に視線を向ける。

しかしすぐに視線をこちらに戻した彼女は「前からずっと気になっていたものの話なんだけど」と前置きをしてから質問をして来る。

「私達が来る前からお兄さんが漬けていたあのお漬け物、あるじゃない？」

「あー、うん。タナトスが食わず嫌いしてた奴《やつ》な。それがどうかしたのか？」

「いえ、今回のタナトスの件とは全く関係のない話なんですけど。重しに使っている石が少し気になってて」

「……あー」

確かに、宝石みたいに真っ白で綺麗《きれい》だもんなー。

そんなものを漬け物石に使っていたら嫌でも気になる、か。

「あれって、何なのかしら。漬け物石にしておくには勿体《もったい》ないって思ってしまうほどに綺麗な石だけど」

「……でも、重さがちょうど良いんだ」

「重さ？　まあ、確かに持ってみるとしっかりと重たいし、実際ちゃんと漬かっているのだから確かに正しいのでしょうけど」


じっとこちらの瞳を覗《のぞ》き込んでくる。

まるで心の中を見透かされているようで俺は思わず「すっ」と視線を外してしまう。

あからさま過ぎて何か隠し事をしている事を白状しているかのようだったが、しかし彼女は「……まあ、良いけど」と溜息《ためいき》を吐いた後、首を横に振った。

「お兄さんにも事情があるんだろうし、深く聞くつもりはないわよ。私もちょっと気になってたってだけで特別その真実を追究しなくてはならないって事はないし」

「そう、か」

俺は頷《うなず》き、それからちらりと改めてタナトスのいるであろう方向を見る。

「いや、それにしても」

「なに？」

「……いや、いつもはもう少し元気にしてくれていた方が良いような気がしていたんだが」

「はあ」

「いざテンションが上がるとただ五月蠅いだけだな」

「まあ、本人の性格は特に変わっている訳ではなさそうだし、ね」

含みのある言い方だなと少し気になったが、とはいえこちらも隠し事をしている身だし、だからその事に関してはここで深く尋ねるような事はしなかった。

「はあ」

と、俺もリヴィアのように溜息を吐き、それから相変わらずというか一人になっても「美味《うま》い美味い」と言いながらご飯を食べているタナトスのいる部屋へと足を踏み入れるのだった。

5

食事の後。

がちゃがちゃと汚れた皿の上にスポンジを走らせつつ、リヴィアは物憂げな表情を浮かべていた。

いつもだとルクスも食後の皿洗いを手伝う事があったが、しかし今日はタナトスに連行されてゲームで遊んでいた。

タナトスの騒ぎ声だけが聞こえてくるが、その事に関してリヴィアは無感情に聞かないふりをしていた。

ぶっちゃけ面倒臭いので反応したくなかったとも言うだろう。

「……」

かちゃり、かちゃりと。
汚れを落とした皿に付着している泡を水で流し、それから水切り籠に入れていく。
そうやってすべての皿を洗い切った後、ゴム手袋を外してから「ふう」と息を吐く。
それからあらかじめ入れておいた、入れた時点では熱々だった、今では飲みやすい温度になっていたお茶を啜《すす》る。
肉体的には全然疲れていないが、タナトスの相手をずっとしていたリヴィアは精神的に疲れていた。

「……お兄さん、疲れているのかしら」

そのように思うのは、タナトスの異変について今になってようやく気づいたからである。

とはいえ、タナトスの変化に関してはそれこそゆっくりとした速度で進行していったので気づかないのも無理はない。

更に言うのならばそう、リヴィアが言った通り彼は疲れていたから気づかなかったのかもしれない。

……兎《と》に角《かく》、タナトスの変化は結構前から始まっていた。

そしてその変化が起こった原因について、リヴィアは心当たりがあったのだった。

心当たり、というか確信していた。

タナトスの異変の原因。

それは、キッチンの下にある収納スペースの中にある。

「……いや、これを漬け物石と呼ぶのは無理があるわよ、流石《さすが》に」

リヴィアがそう思わず呟いてしまうほどに、その漬け物石は確かに「漬け物石」らしくなかった。

鈍い光沢を放つ乳白色の丸い石。

パールをそのまま大きくしたような見た目をしているが、持ってみると重たい。

そして触ってみると見た目の割にざらざらとしていた。

何より、何故《なぜ》かほんのりと温かみを感じる。

まるで人の体温のように、温かい。


「それに」


リヴィアは分かる、感じている。

この石からは魔力が放たれていた。

それは尋常ならざる量の闇の力がこの石に宿っている事の証左でもあり、ありていに言ってしまえばこんな一般的なキッチンに隠されて良いモノではない。

その、筈《はず》だったのだが。


「……お兄さんはどうしてこんなものをキッチンに隠しているのよ」


タナトスが元気になった原因。

それはすべてこの石、より正確に言うのならばこの石から漏れ出る魔力の影響を受けた漬け物にあった。

それを食べたタナトスは闇の魔力を吸収し、力をゆっくりと蓄えていった。

だから現在のタナトスの状態は元気になったというよりハイになっているという方が正しいかもしれない。

「……あれほどの魔力を宿す魔石、普通の手段では手に入らないと思うのだけど」

少なくとも一般的に流通しているものではない。

当たり前だが漬け物石として売っている筈もなく。

何なら非合法的な手段を用いたとしてもこれほどのものを手に入れるのには苦労するに違いない。

「お兄さんはどうしてこんなものを漬け物石なんかに使っているのかしら？」

理由が分からない。

謎が多い存在である事はそれこそ出会った時から知っていた。

そしてその謎は、彼の事を知れば知るほど増えていっているような気がする。
一体、ルクスという存在は何者なのだろうか？
そして何より。

「こんな人間にとっては明らかに劇物みたいな漬け物を食べてぴんぴんしているお兄さんは何者なんだか」

リヴィアは呆《あき》れたようにそう呟《つぶや》くのだった。

6

タナトスが元気になった事によって何が厄介なのかというと、その騒がしさに巻き込まれる事によって家に帰っても疲労が溜《た》まる事である。
いやまあ、家に帰ってからずっと無感情にコンビニで購入した弁当を食べ、適当に家事を片付けた後に泥のように眠るような日常を過ごしていた時よりはずっと人間的で、生物的な生活を送っているとは言えるだろう。

少なくとも俺の日常に笑顔が増え、笑い声を聞く時間が増えた。

これは推しと過ごしているから、大好きな存在と過ごしているからとかでは決してない。タナトスだけではなく、リヴィアの控えめな笑い声も好きだし、ていうか多分俺は人間らしい生活が恋しかったのかもしれない。

仕事場でも一応コミュニケーションは取っているが、同僚との会話はあくまでビジネスライクだし、そして上司は上司だし。

だからこそ、家族のような存在と家族のように接する時間は本当に久しぶりなのだ。

うん、そう考えるとこの疲労感も悪くないように思えて来た。


……思えて来ただけ、だけれども。

「疲れている事には変わりないからなー」

タナトスのｆｅｖｅｒ状態は何時《いつ》まで続くのか。

原因は分からないが、リヴィアの反応的に今の状態がイレギュラーなのは間違いないだろう。

だとしたら、何らかの事が起きれば今のハイテンションは収まると考えて良いかもしれない。

それが何時なのかは分からない。

明日かもしれないし、今日かもしれないし、一年後かもしれない。

……一生この状態が続くとは思いたくないなぁ。

だって、相手は悪龍《あくりゅう》。

時間の感覚が人とズレているなんて普通にあり得るだろうし……

という訳で休日。

俺は仕事場から連絡が来て休日が吹き飛ぶ可能性がある事を恐れつつも家から出た。

タナトスに関してはリヴィアに丸投げをした。

タナトスのテンションは置いてきた、俺はその高過ぎるテンションについて行けそうにないから。

つまり現状から逃げて来たとも言える。

そして今、俺は何をしているのかというと別に何もしてはいない。

買い物をしに来た訳でもなく、目的地がある訳でもない。

ただぶらぶらと散歩しているだけである。

無為《むい》というか無意義であるが、まあ、そんな休日の過ごし方も良いと思うし、ていうかこんな風に無駄な時間の消費の仕方だって人間的と言えばそうだと思う。


そうやって俺はぶらぶらと歩きつつ、しかし自然と足が向くのは原作のステージがない方向。

最近知った事だが、どうやら近所に原作のサブクエストで向かう事が出来るステージがあるみたいなのだ。

開発放棄エリア。

名前の通り、開発が予定されていたが途中で頓挫し、今は完全に立ち入りが禁止されて放棄されている区画。

遠目から見ると鉄筋が剝《む》き出しになった建築物っぽいオブジェが見えるが、それらは長い間放置されっぱなしになっている。

ネオンシティの行政機関はどうやら見て見ぬふりをしているみたいだが、将来的にあれらが本当の意味で解体される事はあるのだろうか？

そしてこの開発放棄エリア、ゲームでは素材を採取する事が出来たが敵ＮＰＣも登場した。

現れたのは基本的に機械人形だったが、時々レジスタンスの過激派メンバーが現れる時があったのだ。

いわゆるレアモブって奴《やつ》で倒すと豊富な経験値とレアなアイテムを落としたため、周回する時はそれを狙ったりもした。

ただ、これはどういう事を意味するのかというと、あそこは原作キャラの、特に主人公サイドの存在が現れるかもしれないって事である。

それはマズい。

何がマズいって、何度も言うし何度も言うかもしれないけど、原作崩壊につながるかもしれないからである。

それこそ俺は一般人のノーネームだが、原作キャラ達はもしかすると俺の事を一度限りしか現れないレアキャラみたいに思うかもしれない。

たとえ倒したとしても、俺は何も落とさないけど。

精々、身分証が入った財布くらいしか落とさないけど。

経験値も全然入らないだろうし、ただ俺という存在が原作にどのような影響を及ぼすか分からない。

である以上、気になりはするけど近づかない方が無難である。

大好きな原作は壊したくないし、ていうか原作通りに進まないと最悪俺の生活も終わる可能性がある。

ラスボス『グリム』が完成したらどうなるか、結局原作は主人公サイドが勝つ事でハッピーエンドに進む訳だが、敗北するＩＦになった場合、どうなるかなんて当然知らない訳だし。


そんな訳で、少なくとも俺の知っている原作に関わってしまう可能性がある場所からは距離を取りながら散歩を続ける。

途中、自販機でペットボトルの水を購入。

そしてその近くにあった公園のベンチで小休止し、その水をゆっくりと飲み干そうとした、次の瞬間だった。

ばーん!!!!

「……」

……

なに？

「……なんか、空気が騒がしいな」

なんて、厨二っぽい呟きをしてみたりもするが、騒がしいというか視界の先に黒い煙が立ち上っているのは決して見えなくなったりはしなかった。

「えーっと」


爆発した場所の詳細とかは分からないけど、少なくとも何かがあったのは間違いない。

そしてその「何か」のトリガーとなったものというのは、それこそ原作キャラクターかそれに通ずる存在としか考えられない。

とすると、メインストーリー関連か？

はたまたサブストーリー関連か。

どちらにせよ、君子危うきに近寄らずって事ですぐさまこの場所から離れるべきだろう。

最低でも爆発地点からは距離を置くべきだろう、いやまあ一般人が事件から急いで離れるべきというのはその通りなのだけれども。


そうして俺はひとまずペットボトルの蓋を締めた後、立ち上がる。

飲み干したい気持ちもあったが、お腹《なか》が水でたぷたぷの状態で走り出すと最悪吐き出す可能性もあったので我慢。

そうして俺は小走りにその場から立ち去ろうとし——

「……ん？」

――と、そこで。

「え」

一人の、少女と出会う。
いや、本人の外見年齢と本来の年齢は違うのだったか？

「……リゲルさん？」

少女、ではなく少女のように小柄な女性は、以前俺の買い物を手伝ってくれた。
だけど言ってしまえばそれだけの存在が目を丸くしてそこに立っていた。
懐かしいなぁ、前回彼女と出会った時もこんな風に爆発音が共にあったっけ？

「……」

リゲルさんはそれから目をすっと細め、こちらをじっと見つめてくる。

別に何も悪い事はしていないのだがそんな視線を向けられると嫌でも居心地が悪くなってきてしまう。

思わず何か弁明の言葉を発してしまいそうになるが、しかし次の瞬間、先ほどのものよりも小規模とはいえ「ばーん」という爆発音が聞こえてくる。

ということは、流石《さすが》にこの場に居続けるのは危険。

そしてリゲルさんをこの場に放置して逃げるというのも居心地が悪かった。

「リゲルさん、とりあえずこの場から逃げよう」

「え、ちょっ……!」

そんな訳で俺は以前と同じように彼女を抱きかかえ、その場からひとまずダッシュを開始。

原作要素から距離を取る事を始めるのだった。

「え、ええ……？」

7

そんな訳で爆発音が聞こえなくなる程度には遠い場所へとやって来て、ビルの陰に隠れるような立地にあった、小さな公園をひとまずの到着地点とするのだった。

リゲルさんを下ろし、まずは「すみません、流れとはいえ悪い事をしてしまった」と謝罪する。

「何かしら事件が起きているみたいだったとはいえ、こんな風に強引に連れてきてしまって」

「……い、いえ？　爆発が起きてわたくしも動転していたし、何かしらの事件から距離を置こうとするというのは正しい判断だとは思うわ」

だから、ありがとう。

リゲルさんはふっと微笑《ほほえ》み、頭を下げてくる。

うーん、大人の女性。

笑顔だって特別無理して笑っている訳でもないのに間違いなくこの人は大人の女性だと分かる、そんな微笑み方をしている。


「それにしても——まさかまた会う事になるとは思ってもみなかったわ」

と、リゲルさんは言う。


「運命のいたずらか、はたまた天の神が定めた必然なのか。どちらにせよまた会えてわたくしはとても嬉《うれ》しいわ、ルクスさん」

「ええ、こちらこそリゲルさん」

「えっと、それで……ルクスさんはどうしてあの場所にいたのかしら」


少し探るような視線を向けられ——

はっ、もしかして疑われてるっ⁉

いやまあ、前回もなんだかんだ事件に巻き込まれた訳だし、それが二回目となればそりゃあ何らかの必然を疑うか！

「い、いえいえ。本当にあの場所にいたのは本当に偶然というかなんというか、本当に！」

「ええ、それは分かったわ。三回も『本当に』って言うのだから、きっと本当なのでしょうね」

話が早くて助かるぜ！

いやあ、本当に少女のような見た目からは想像出来ないほどの大人な仕草と対応だ。

落ち着いた話し方とその声色を聞いていると何故《なぜ》か懐かしさのようなものを感じるのは気になるが、しかしリゲルさんとは今回で二度目の邂逅《かいこう》でしかないしなー。

多分デジャヴという奴《やつ》だろう。

既視感って奴だ。

「それで、ルクスさん」

「うん？」

「……折角《せっかく》こうして出会った訳だし、これも何かの縁という訳でちょっとわたくしの用事に付き合って貰《もら》うって事は出来るかしら」

「用事？」

「そうね——買い物よ、ただの。それこそ前回、ルクスさんと一緒にしたような買い物を」

「それは、構わないけど」

「そう？　ならば行きましょう？」


と、彼女は自然な流れで俺の手をすっと握って来て（！）、そしてぎりぎり強引じゃない力加減で俺の身体を引っ張っていく。

なんて言うか、意外だ。

こんな風に率先して男をエスコートしていくような人だとは思っていなかったから。

「ところで、買い物って、何を買いに——？」

「う、ん」

「……？」

「う、ウインドウショッピングよ。特に買いたいモノはないけれども、女の子はお店を見て回るだけで楽しい生き物なのよ」

「なるほど」

よく分からないけど、女の子とはそういう生き物なのだそうだ。

いわゆる女性の神秘って奴だろうし、それなら男性の俺が理解出来なくてもおかしくない。

俺は一人「うんうん」と頷《うなず》き、少し汗をかいているリゲルさんの手を見た。

知っていたけど、凄く小さい手だ。

しかし思ったよりも力は強い。

まるで今までこうして何人もの人を引っ張って来たかのような、そんな力強さを感じる。

しかし、彼女の足取りは極めて迷いのないものだったが、それはつまりリゲルさんはここら辺の地理に関して詳しいという事だろうか？

前提として俺は事件現場からただただ離れる事だけを考えてこの場所へとやって来た訳

で、だからこの場所がどこなのか俺もいまいち分かっていない。

しかしながらリゲルさんはどうやら目的地がどこにあるか分かっているみたいだ。

ていう事は、彼女は意外とここら周辺のどこかに住んでいるのだろうか？

ああいや、彼女とは偶然ここで出会ったのだからそれは当然か。

言い方は悪いが、こんな特別な施設なんて一つもない平々凡々な区画の地理なんてわざわざ覚える必要なんてない訳だし、生活の中で自然と頭の中に記録されていったと考えるのが自然だろう。

だとすると、本当に運命的だ。

俺がこの場所へとやって来たのは本当にたまたまだった訳だし、とはいえリゲルさんがここら辺に住んでいるのだとしたら試行回数を増やしていけばその内に彼女とは出会えていたであろう事もまた事実。

その出会いがたまたま今日だったってだけの話。

そういう意味では運命とは言い難《がた》いのかもしれない。

「ルクスさん、これなんかどうかしら？」

と、リゲルさんに連れられてやって来たのは商店街だった。

商店街というのは文字通り商店街なのだが、しかし傍《はた》から見て高そうな商品ばかりが揃《そろ》っているブルジョアジーな雰囲気のお店ばかりが並んでいて、なんて言うか別世界に迷い込んでしまったようだ。

とはいえネオンシティでは割とよくある事なので気にしてはいけない。

高層ビルディングが立ち並ぶ都会の街並みを歩いていたと思ったらいきなり緑豊かな公園エリアが現れるなんて事もあるのだから。


「う、うーん……」


そして、現在リゲルさんと一緒に俺が入店したのは洋服のお店だった。

ブランド品なのだろうか？

少なくとも安っぽい生地が使われていない事だけは見るだけで分かるし、更に言うならば素人《しろうと》の俺ですら見て分かるほどの高い生地をふんだんに使っている洋服屋なのだから、きっと凄《すご》いお店なのかもしれない。

リゲルさんが手に持っているのは白いブラウス。

フリルや刺繍《ししゅう》が施されているが、それらは極めてさりげなくされているので、言い方は悪いが無駄にお金を掛けたようないやらしさがない。

しかしそれ以外は「カレーうどん絶対食べられなさそう」という感想しか出てこないのが悲しいところ。

「うーん……」

「微妙そう？」

微妙、というかなんというか。

如何《いかん》せん値札に記された金額が金額だけに、下手な答えを出す事が出来ない。

この服、どうやら一着で三万円するらしい。

嘘《うそ》だろ、最新ゲームのハードがぎりぎり買えそうな値段なんだが。

最新ゲームのハードがぎりぎり買えそうな値段というと、ゲームのハードは盗まれないように店の奥に仕舞《しま》われている場合が多いのに、この店の洋服は普通に手に取って確認する事が出来る。

ヤバい、住む世界が違い過ぎる。

か、帰りたくなってきた……

「んー、まあわたくしも特別気に入った訳じゃないし——それじゃあ、次行きましょうか」

と、言葉通りにリゲルさんはあっさりとその洋服をハンガーごと元あった場所に戻し、それから俺を引き連れさっさと店から出る。

俺はというと足でも引っ掛けて服を落としてしまって泥でも付けてしまったらどうしようと不安ばかりで言葉もなかった。

だから店を出た時は本気で「ほっ」と胸を撫《な》で下ろしたのだったが。

「次はあのお店に入りましょう」

……またまたお高そうなお店だぁ。

先ほどはどちらかというと清楚《せいそ》っぽい外装をしていたが、今回のお店は女の子が好きそうな色彩とデザインの飾りが施されている。

そしてこう、女の子向けに作ってますと宣伝している筈《はず》なのにチープさがない。

つまり全力でお金を掛けているって事だ。

「このチーク、可愛《かわい》い」

チークってなに？

「んー、でも色は前の奴の方が好み、かも」

どれも同じ色じゃないんすか！

「薔薇《ばら》水……今度アップルパイを作る時に使ってみようかしら」

薔薇水って何ですかっていうかアップルパイに投入して良いモノなんですかっ⁉

「ふふっ。久しぶりに羽目を外しちゃったけど、こういう日も悪くないわね」

そして俺は燃え尽きた気分である。

お金持ちの世界、恐《こわ》い……

女の子の世界もついでに恐い……

それら二つが合わさっている訳だから百倍恐い……

「ありがとう、ルクスさん。久しぶりにゆっくり時間を過ごせた気がするわ」

「楽しめたというのならば重畳だよ」

ちなみに、リゲルさんはこれだけお店を梯子《はしご》したのにもかかわらず、結局何も購入する事はしなかった。

つまり本当にウインドウショッピングだったのである。

何一つとして買わないのにあそこまで楽しそうに出来るのは、やはり男の俺には理解出来ない世界だった。

あるいは、俺自身がこういう女性の買い物に慣れていないってだけなのかもしれないが。

「退屈だったでしょ、ごめんなさい。わたくしばかり楽しんじゃって、なんだか今更ながら悪い気がしてきたわ」

「いや、俺の方からもリゲルさんに付き合うって言った訳だし、それにそれこそ前回は俺の買い物に付き合って貰った訳だから、これでおあいこだよ」

「あはは……そう言ってくれるとわたくしも助かるわ」


現在俺達は再び最初に辿《たど》り着いた小さな公園に戻ってきていて、そこにあるベンチに腰掛け小さなペットボトルの水をちびちび飲んでいた。

両手で持ってゆっくりと水を飲むその姿はやはり幼く見えてしまうが、しかしどことなく大人の女性らしい雰囲気も少なからず感じる事が出来る、そんな不思議な仕草だった。


「それで、ルクスさんは最近、どうなの？」

「どう、とは？」

「仕事とか」

「……仕事の話は出来ればしたくないんだけどな」


一気に現実に引き戻されたような気持ちになり少しだけ陰鬱になる。

とはいえ彼女に悪気はないだろうし、だから俺もその事をわざわざ吐露して雰囲気を更に悪くしようとは思わなかった。

「まあ、ぼちぼち。ただ最近凄い人がいきなり仕事を辞めてびっくりしてるくらい、かな」

「仕事を辞めた、人？」


小首を傾《かし》げる彼女に俺は続ける。


「うん、なんて言うか本当に凄い人だった。俺なんてそれこそ何をすればどうなるのかなんて半分くらい分かってないような感じだけど、その人はどうすれば何が起こるって事を完全に分かってて、それをコントロールしていた」

「そ、そんな人が……！」

「ただ、その人の実力を多分上司の連中は理解してなかったんだよな。何事も素っ気なくこなしていくって事で仕事をどんどん増やしていって、その人も温厚な人だったけど流石《さすが》に限界が来たらしく、それで仕事を辞めちゃった」

「ふ、ふーん？」

何やら戦慄しているらしいリゲルさん。

まあ、明らかに有能な人間に対しわざわざ嫌がらせみたいな事をして退職に追い込むなんて事、普通に考えておかしいし。

そんな事がまかり通っている事も普通に考えればおかしい。

なんて言うか、おかしい事尽《ず》くめである。

「俺も、あの人から学びたい事がまだあったから」

「そう、なのね……」

「本当に、だから世の中って儘《まま》ならないなって思う。社会がもっと優しければ良いのにって、そう思うよ」

「……」

何とも言えない表情を浮かべているリゲルさんを見、少し辛気臭い話をしてしまったなと後悔する。

場を紛らわせるために、俺は「そう言えば」と前に出会った時に彼女が話していた話題を振り返ってみる事にする。

「お父様は、元気か？」

俺としては少なくとも心配を掛けないよう連絡をする程度には仲が良いらしい家族の話題を振ったつもりだったのだが、しかしリゲルさんは俺の言葉を聞き何故《なぜ》か表情を曇らせる。

「その……ね。わたくしのお父さんは結構前に亡くなっているのよ」

「え、っと」

「いえ！　貴方《あなた》が気にする必要はないわ、別に悪気があってこの話題を振った訳じゃないって事は分かるし」

しかし、だとしても話したくない話題である事には間違いないだろうし、とはいえここからどのような言葉を吐いたとしても自分にとって都合の良い言い訳にしかならないような気がした。

だから、気まずい沈黙が流れてしまう。

そしてその空白の時間を破ったのはリゲルさんの方だった。


「わたくしのお父さんは、情報処理のためのプログラムを研究する人間だったの」

「プログラム、か。なんて言うか親近感が湧くよ」

「将来的には、人類に寄り添い正しい道へと導いてくれるような、そんな存在を作りたいと常日頃から語っていたわ……でも」


そこで彼女は目をきゅっと瞑《つぶ》り、それから何かを考え込むように唇を噛《か》んだ。

そして目を瞑った状態のまま、彼女は続ける。


「だけど、お父さんの研究を快く思わない人がいた。それ自体は珍しくない事だとは思う、人の思想は十人十色でぶつかり合う事なんてよくある事だもの」

「……」

「だけど、お父さんが衝突する事となったのは危険な思想を持った存在だった――そしてその存在は、お父さんの命を奪っていったの」

「……！」

すっと目を開いた彼女の瞳には様々な感情が渦巻いているように見えた。

怒り、悲しみ、疑問、苦しみ。

当時の事を想起しているだけでこのような表情を浮かべるのだ、彼女にとってその事件はきっと今もなお心の中に深く刻み込まれているのだろう。

「そ、の……すまない。リゲルさんにとってはきっと辛い過去だろうに」

「……いいえ。悲しいけれども、それでも過ぎ去った事だもの」

「そうか」

「だけど、ええ。叶《かな》う事ならば、わたくしは何故お父さんが死ぬ事になったのか、その理由が知りたい」


俺は、何と言えば良いか分からなかった。

自分だって何度も考えていた事だった。

この世界は確かに『ネオンライト』というゲームが主軸となって成り立っている世界で、しかし俺はその中に意味もなく紛れ込んだ一般人として生きている、と。

物語と関係ない場所で生活をしていて、物語と関係ない時間を過ごしている。

そしてそれは、きっと数多《あまた》といる人間にとっても共通している事だろう。

メインストーリーと関係のない人生を歩み、そしてそれはリゲルさんもまた同じ。

彼女に訪れたその悲劇は世界にとっては極々あり触れたものかもしれない、だけど彼女本人にとってはその人生そのものを歪《ゆが》ませる事となった運命、に違いない。

「ごめんなさい、その。こういう場で話す話題ではなかったわ」

頭を下げた後、リゲルさんは「さて！」とベンチから立ち上がる。

いつの間にか飲み干していたペットボトルを捨てる為《ため》か、公園のゴミ捨て場へとすたすた歩いていくリゲルさんのその背中は、なんだかとても小さく見えた。

8

「ふう」

ルクスが背後からこちらをじっと見つめているらしい事を背中で感じつつ、セブン・クラウンは何とも言えない気持ちになっていた。

なんて言うか、この状況は彼女にとって想定外というか明らかに失態に近かった。

そもそも今回彼とデートのような事をしたのはあくまで情報を探る為である。

正体不明で、しかし無視する訳にもいかないであろう謎の概念。

それを少しでも解き明かす為にさりげなく何度も探りを入れていたのだったが、しかし結果から見るのならばむしろ情報を明かしたのはセブンの方だった。

……セブンの過去は、レジスタンスにはそこまで関係のある話ではない。

だから別に話したところで何かに影響があるとは思えないが、とはいえ話すつもりはなかった事をべらべら喋《しゃべ》ってしまった事は後悔している。

なんでこんな事をしてしまったのだろうと、頭を抱えたい気分だった。

どれもこれも、ルクスという存在がセブンにとって貴重な「他人」であるからだろう。

存在こそ謎であり正体不明であっても、ルクスという存在は今のところ「平凡」な「一般人」の枠組みに入る人間なのである。

事実、不穏な情報を吐き出しては来るものの、その表情や反応、リアクションはまさに「普通」なのだ。

それは彼女にとって久しく見ていないものだった。


なんて言うか、昔を思い出す。

まだ父親が生きていた頃。

父親が家族の事を大切に思っているなんて考えてもいなくて、父親の悪口を平気な顔をして吐いたりして、将来は絶対に父親みたいになりたくないなんて考えていた頃の話。

過去の自分はあまりにも愚かで、思い出すだけで恥ずかしくなるけど。

だけど大切な記憶だ。

過ぎ去りし思い出は尊く、もう取り戻す事は出来ない。

……今、レジスタンスのリーダーとして活動をするセブンは、「普通」ではない。

だからこそ、極めて「普通」なルクスとの交流が、あまりにも心地好かったのだ。

「……不味《まず》いわね」

このままだと、絆《ほだ》されてしまいそう。

そしてそれが悪くないとも考え始めてしまっている自分がいるのが、少し恐ろしいと思うセブンだった。

9

「今日は、ありがとうルクスさん」

リゲルさんはそう言って微笑《ほほえ》みながら頭を下げてくる。

「とても楽しい時間を過ごす事が出来たわ……何度も言ってしまうけど、わたくしに付き合わせてしまってごめんなさい」

「いや、俺もなんだかんだ面白かったよ」

「……本音は？」

「……結構退屈だった、はい」


俺の心からの気持ちに対し、彼女は「ふふ」と笑う。

「それもそうよね、当たり前――それじゃあ、今度出会った時はわたくしの方が貴方に付き合う事にする？」

「んー、出来ればお互いに楽しめるのが望ましいが」

と、そこでリゲルさんが「あ、そうだ」と今まさに思いついたとばかりに手を叩《たた》く。

「折角《せっかく》だし、連絡先を交換しておこうかしら」

「あー、そうだな」

「……良いの？　わたくしの方から提案しておいてなんだけど」

「ま、友達同士連絡先を交換するのはおかしい話ではないだろ」

「とも、だち……ね」

少し呆気《あっけ》に取られたような表情を浮かべたリゲルさんだったが、すぐに。


「ふふっ」


はにかみ、くすくすと笑う。

その笑顔はなんて言うか心の底から笑っているようで、普通な表現ではあるがこう、「素敵」だった。


「そう、ね。わたくしと貴方《あなた》はもう、友達だものね」

「あ、ああ」

「それじゃあ、ルクスさん」

スマホでお互いに連絡先を交換した後。

斜陽に染まる公園の出口へと向かいながら、彼女は手を振って来る。

「また、縁があったら会いましょう」

2　理解不能に、歩み寄る

1

朝。
俺を含めた三人が起きる順番は基本的に決まっている。
リヴィア、俺、そしてタナトスの順番に目覚め、各々勝手に行動を開始するのだ。
リヴィアは誰よりも早く目を覚まし、そしてまず食事の準備を始める。
それから俺の分の弁当を作り始めてくれるというのだから本当にありがたい。
そして朝食を食べ弁当を持って家を出た俺はその言葉が本当なのかは分からないけど、
少なくともリヴィアの言葉が本当ならばタナトスは八時頃に起きてくるのだそうだ。
流石《さすが》に八時は遅過ぎではと思うが、夜に活動をしていると更に遅い時間に起きてくる事もあるらしいから、むしろ八時は早い方なのかもしれない。

いや、やっぱり八時は遅いと思う。

そんな感じの早朝ルーティンが自然と組まれていた訳だが、しかし何故《なぜ》か今日の朝はリヴィアもどことなく忙しそうにキッチンで動き回っていた。

首を傾げつつも食事を終え、そして準備を終えた後に家を出るそのタイミングで何故かリヴィアも俺を追うようにして玄関にやって来る。

「ん？」

「あれ、お兄さんに言っていなかったかしら」

彼女が俺と同じ時刻に家を出た理由に関しては駅に向かう途中で教えて貰えた。

「今日、センタイフェスタ……センフェスがあるのよ」

「センタイフェスタ？」

「株式会社センタイ、は流石に知っているわよね？」

「それは知ってるよ、フェイスファイターとかの玩具《おもちゃ》を作ってる会社だろ？」

フェイスファイターとはこの世界の子供向け番組。

いわゆる特撮である。

それこそ、リヴィアが日曜日の朝にテレビで視聴しているので知っていたし、今のシーズンは『フェイスファイター・アルファ』というタイトルが放送されていた。

「名前的にその会社のイベントなのか？」

「そうなの。そこではイベントショーとか演じているタレントの方々のトークイベントとか、後はコスチュームの展示とかが行われるわ」

「ふーん」

「特に、今はもう販売が終了した変身アイテムとか復刻販売されていたり、そう！　イベント限定の玩具も売られているのよ!!」

「へ、へえ……？」

何やらテンションが上がっているらしい、それこそ現在のタナトス並にテンションが上がっているらしいリヴィアに少しだけ距離を置く。

「イベント限定って、今やっている『アルファ』の玩具か？」

「……マムトは、知ってる？」

「マムト……」

　何だっけかと思い、そしてすぐにリヴィアが時々目をきらきら輝かせながら眺めている玩具があったなと思い出す。

「ああ、えっと。五年前くらいに放送されてた奴《やつ》だっけか。かなり好評だったらしいから俺も知ってるよ」

「それじゃあ、マムトの小説が販売されていない事は、知っている？」

「小説？」

「フェイスファイターシリーズは放送終了後にエンディング後の展開とかを描いた小説が販売されるのが普通なんだけど、マムトは五年経《た》ってもなお販売されてなかったのよ」

「と、言うと。もしかして今回のそのイベントで販売するって事か？」

「正確に言うと、先行販売ね——そして、今回は何とその小説をイベント会場で買うと、限定アイテムも付いて来るのよ！」

「ふ、ふーん」

「トゥルーレジェンドトリガー……小説に登場するらしい、主人公の本当の最終フォームに変身するためのアイテム。新規ボイスも五十以上録《と》り下ろされているらしいし、遊び甲斐《がい》があるわね……！」

「それ、は良かったな」

「ええ！」


いつもならば絶対に見せないような満面の笑みを見せてくれるリヴィア。

ま、まあ本人が楽しそうなら良いかと思う事にする。

実際、彼女は普段俺とタナトスの為《ため》に文句ひとつ言わずに家事をしてくれているので、こんな風に自分の為に時間を使うのも大切だし、むしろ今日のような日をもっと作ってくれたって良いと思う。

だから、駅について別れる時、俺はもう早く走り出したいと言わんばかりの表情を浮かべているリヴィアに、口早に伝えるのだった。

「楽しんで来いよ」

「うん！」

子供のような笑みを浮かべ、頷《うなず》いた後に駆け足気味に立ち去っていくリヴィア。

これは帰ったら長い長い話を聞かされそうだなと思いつつ、それでも一杯楽しんで欲しいなとも思うのだった。

2

家に帰ったらタナトスが死んでいた。

「は？」

いや、正確に言うと表情が死んだままずるずるカップ麺を啜《すす》っていた。

「え」

「……王子様」

彼女は俺を見るなり涙を浮かべる事もなくただ淡々とした口調で告げる。

「おかえりなさいー」

「あ、うん。ただいま」

俺は目をぱちぱちさせてから遠慮がちに尋ねる。

「……何か、あったのか？」

俺の言葉に一瞬表情を強張《こわば》らせたタナトス。

しかしすぐにその表情を泣き顔へと変えたタナトスは、しかしいつものようにぎゃんぎゃん喚《わめ》いたりはせず、むしろ小声で淡々と告げてくるのだった。

「ヤバいですー」

そんな風に小声で言ってくる時点で何かしらかなりヤバい事が起こったのは簡単に理解出来た。

「何かあったのか？」

「り、リヴィアを怒らせてしまってー」

「……いつものように？」

普段通りじゃねえか。

最初はすぐにそう思ったが、しかしそのリヴィア本人がいない事、そしてタナトスが明らかに動転している様子なのを見、すぐに認識を改める事にする。

「……なにしたんだよ、リヴィアってなんだかんだ言っても温厚だし、本気で怒っているところなんて見た事ないぞ？」

「えっとぉ、それはぁ……」

タナトスは少し躊躇《ちゅうちょ》して口を噤《つぐ》む。

しかしそこを説明しなくては話が進まないと判断したのか、すぐに口を開いた。

「最初は、本当に善意だったんですよー……」

3

タナトスはげんなりしていた。

いや、正確に言うと最初はぶっちゃけどうでも良いと思っていた。

リビングのソファで文庫本を静かに読んでいたリヴィアを見、ここで驚かしに行ったら面白そうだけど後が怖いなと思い、コソコソと自室に退避していた。

しかし、どうやらその小説を読み終えたらしいリヴィアが何やら騒がしくし始めたので流石《さすが》に好奇心に負けた。

そして部屋を出たタナトスが見たモノとは──


「ふっ、これこそが最後の伝説、その開幕ってね──変身！」


腰に巻き付けるタイプの玩具に、何でもイベントで購入してきたらしい連動玩具をくっ付けて遊んでいるリヴィアの姿があった。

サイズの割に結構大きめなボイス、歌、そして爆発みたいな音。

それが終了した後、リヴィアは感動したように身を震わせ、それからまた玩具を弄《いじ》り始める。

ボイス、歌、そして爆発みたいな音。

タナトスはすぐにそれらのレパートリーがかなり多い事、そしてそれは恐らくリヴィアの行っているボタンの押し込みの順番で変わっているらしい事を理解した。

それと同時に、今のリヴィアに近づくとかなり厄介というかぶっちゃけ巻き込まれたく

ないと判断する。

具体的に言うと、なりきり遊びに付き合わされそうだと思ったタナトスは直ちに退避を選択。

したの、だったが。


ぐしゃ。

ずるるっ！


「あんぎゃす！」


何かを足で踏んでしまったらしく、そしてそれが原因で転倒。

派手に転がってしまい大きな音を立てたタナトスの事を流石に認識したリヴィアは「だ、大丈夫？」と玩具を装着したまま近づいて来る。


「い、いたた……」

「気を付けなさいよ、ちゃんと私も掃除はしているつもりだけど、何かあるかもしれないんだから足元には気を配って」

「うー」

「う?」


と、そこで。

リヴィアは何か信じられないモノを見たような表情を浮かべた。

タナトスは「いたた」と腰を押さえつつ、一体何を見ているのだろうとその視線を追ってみる事にし——


『デラックス・トゥルーレジェンドトリガーセット』の箱がぐしゃりと派手に潰されていた。


「あ、あ」

「……えっと」

「あ——」

4

「で、次の瞬間リヴィアは泣いてました」

語り終えたタナトスは、まず溜息《ためいき》を吐いてから言う。

「一体何が悪かったんでしょうねー……」

「そりゃあ、あれだろ」

何となくリヴィアの心情を理解した俺は、むしろなんでタナトスは分からないのだろうと思いつつ告げる。

「リヴィアにとって、箱だって大切なものだったから、だろ？」

「ええ……？」

本気で、心の底から理解出来ないと言わんばかりに首を傾《かし》げるタナトス。

「玩具《おもちゃ》の箱を大切にするんですかー？」

「リヴィアにとっては大切なモノだったたって事だ」

「……それなら床に放置しなければ」

「それはそう、だけど。結局は結果論だからなー」

それこそ、結果的に見るのならばタナトスはただリヴィアが大切に思っていたものを台無しにしてしまった訳で。

他意はなかったのだろうけど、リヴィアの悲しみは理解出来た。

「ちゃんと謝ったか？」

「……それは、そのー。今のリヴィアは部屋に引き籠ってて、声を掛けても無反応で」

「そうか」

「うー。文字通り地雷を踏んでしまった気分ですよー」

「それを言って良いのはリヴィアだけだよ。確かに大切なものをそのまま床の上に放置していたリヴィアだって悪いと言えば悪いけど、だけど結果的にそれを壊してしまった事も事実な訳だから」

「……」

「勿論《もちろん》、リヴィアだって子供じゃない。すぐにちゃんと自分にも非があるって事は理解するだろうし、その時に改めて謝れば良いんじゃないか？」

「それは、そうなんですけどぉ」

少し。

ほんの少しだけ歯切れが悪そうに彼女は言う。

「その……やっぱり私、リヴィアに償いがしたくって」

「償い？」

「悪気はなかったけど、本当になかったですけど。それでも潰しちゃったのは事実ですからー」

「そうか」

いつもはなんだかんだで喧嘩《けんか》みたいな事をしてはいるものの、それでもお互いの事を慮《おもんばか》る気持ちはあるのだろうなと、改めて思う。

それこそ、二人は家族な訳だから。

「それで、ですー。まずは私がダメにしてしまった玩具、その箱を買おうと思って調べてみたんですけど、これって先行で限定な販売なんですねぇ」

「らしいな、リヴィアもそう言ってたよ」

「お陰で転売ヤーが高値で転売しまくっていて……腹が立ちますけど、だけど手に入れる為《ため》にはそれしかないかと」

「買ったのか？」

彼女は普段から「転売屋許すまじ」と耳にタコが出来そうなほど連呼していたのに。

俺だって彼女に言われるまでもなく転売ヤーは許せないと考えているのだが、しかし背に腹は替えられないと禁断の手段を使ったという事なのだろうか？

「いいえー？　最初こそはそうせざるを得ないと思っていたのですが、やっぱり駄目だなって思って止めましたー」

「あ、そうなのか」

「で、話はここからが本題なのですがぁ」


と、彼女はスマホの画面をこちらに押し付けてくる。

画面には「センタイフェスタ」のモノと思われるホームページが表示されていて、そしてそこには「センタイフェスタ」が今日と明日、そして明後日と三日間に掛けて行われるらしい事が記されていた。


「その、単刀直入に言いますとぉ……私の買い物に付き合って欲しいのですー」

5

勿論、「センタイフェスタ」というものが大きな施設を借りて行われている事からも沢山の人が訪れるであろう事は予想していた。

とはいえ、それでも基本的に子供向けのコンテンツがメインとなっているイベントな訳だから子供とその親ばかりが参加するものと思っていたのだ。

……大きなお兄さんお姉さんもしっかりと参加していますね。

何ならそんな彼等《ら》彼女等の方がぱっと見多いように見える。

その為、「センタイフェスタ」が行われている会場までかなりの大行列が出来ていて、そもそもイベントに参加する事自体が困難となっていた。

凄過ぎる、こんなに人気のイベントだったんだな。

そしてこれほどまでに人気だとは想定もしていなかったので大行列の最後尾辺りに並ぶ羽目になっている。

それがどういう意味なのかというと、まず「センタイフェスタ」というイベントに参加する事自体がまだ出来ていないという事。

そしてこのままだと下手すれば目的のイベント限定の玩具を購入する事が出来ないのではないかという事だった。

「や、ヤバいですー」

そしてタナトスはというと、深く被ったフードの奥で目を白黒させていた。

「は、吐きそうー……溺れそうー……」
「そこまでか」
「うなー……」

まだイベント会場までかなりの距離があるというのに、タナトスは既にグロッキー状態だった。

最近かなり調子が良かった筈《はず》なのにこの状態なので、多分平常時だったら気絶していた可能性がある。

あるいはリバース。

「ぐご……」

「大丈夫か？　難しいなら、最悪俺だけ行って帰って来るって手もあるけど」

「だ、だだっ」

「だ？」

「だいじょびですー、これは私が頑張らなくてはならない事ですゆえー」


むん、と顔を青ざめさせながらもタナトスはぐっと親指を立ててこちらに見せてくる。

気丈に振る舞っているのは分かるが、しかし無理している事は分かり切っているし、本当に限界そうならば流石《さすが》に引き返させた方が良いかなと思っておく事にした。

それにしても、まさか人波の勢いに呑《の》まれて溺死しそうな悪龍《あくりゆう》が存在するとは思ってもみなかった……


「う、ごご……」

「だ、大丈夫？」

「うえー」

と、そこで俺達の前に並んでいた小さな女の子がタナトスに対し心配そうに声を掛けてくる。

どうやら見知らぬ女の子が思わず話しかけてしまう程度にはヤバい顔色をしているみたいだ。

「うえー」

と、最初こそ邪険に返答しそうになったらしいタナトスだったが、しかしすぐにそんな事をしたら問題に発展するかもしれないと思ったらしく「だ、大丈夫ですよー？」とぎこちない笑みを浮かべる。

「お、お姉さん、ちょっと疲れちゃっただけだからー」

「大丈夫？　お茶飲む？」

「飲──大丈夫ー」

彼女も一応小さい女の子相手には遠慮する程度の思慮はあるらしかった。

「……んー」

女の子は納得していない様子だったが、しかし彼女のお母さんに手を握られると慌てて前に向き直る。

こちらに申し訳なさそうに会釈をして来るお母さんに俺もまた会釈を返し、そして自分のお茶をくぴくぴ飲んでいるタナトスは返事どころではなかった。

「むーん……」

……そうやってゆっくりと動き続ける列に並んでから一時間。

メチャクチャ人が増えていそうな背後を振り向いて確認してみるのも恐ろしいのでただひたすら前を見ていた俺達はついにイベント会場に足を踏み入れる事に成功した。

会場の入り口でパンフレットとフェイスファイターの顔が描かれた紙のお面が入った袋

を渡される。

とりあえず会場の休憩スペースで一服してから目的の場所へと向かうべきかと思ったが、しかしタナトスは頑《かたく》なに休もうとしなかった。


「い、行きましょうぅ……」


……本人がそう言うならばと、俺は言葉をぐっと飲み込み、それから首を縦に振った。

タナトスの手を握って離れないようにし、ただただひたすらに道順に沿って目的の場所へと向かう。

フェイスファイターのブース。

案の定そこには沢山の人が並んでいて、それを見たタナトスが思わず「ひゅっ」と言葉にならない悲鳴を上げた。


「……タナトス？」

「に、人気過ぎませんか、流石に……ぃ」

青白いを通り越してもはや真っ白になりつつあるタナトスだったが、文句らしき言葉はそれだけに止《とど》め、それから黙って列に参加する。

そうこうしている間にもどこからともなく女性のアナウンスがガンガン耳朶《じだ》を叩《たた》いたり、近くで行われているヒーローショー（？）での賑《にぎ》やかな歓声が聞こえてきたりする。

タナトスはというともはや自力で立つ事も儘《まま》ならないようで、俺の腕にしがみついているのが精いっぱいなようだった。

これ、やっぱり入る時点で帰らせるべきだったのでは？

しかし、ここまで頑張った彼女の意思を尊重すべきだとも思ったし、何より今更そんな事を後悔し始めても既に遅い。

なので、後はもう野となれ山となれ。

俺もまた沈黙し、タナトスが出来るだけ楽になるよう体重移動をしつつ、目の前にある列がすぐになくなる事を祈るばかりだった。

「イベント限定のAセットを下さい」

しかし。

「Aセット完売しましたー」

「んな！」

後もう少し、それこそ目の前にいる数人がいなくなれば購入出来るといったところでそのようなアナウンスがされてしまう。

呆然《ぼうぜん》となる俺、そしてタナトス。

何ならタナトスはへなへなとくずおれそうになり、辛うじて俺の腕を掴み踏ん張っていた。

「う、そでしょ？」

「んー」

俺は反応に困り、唸《うな》ってしまう。

流石にこればかりは仕方がない。

ここまでの込み具合をあらかじめ予想し、もっと早く家を出るべきだったという話である。

後悔しても遅いし、売られてしまったものを奪う訳にもいかない。

だから俺はタナトスにその事を言い聞かせ、これからどうするかを相談しようとした。


「タナトス」

「い、いやですー」

「お前なー」

「た、倒してでも奪い取る……」

「駄目に決まってんだろ」

「で、ですけどぉ。リヴィアが……」


駄々《だだ》をこね始めるタナトスは、このまま放置していたら本気で大暴れしそうな雰囲気があった。

事実、今までたくさんの人の中にいてストレスを感じていただろうし、目的のモノが買えず今までのすべてが無駄になってしまった事はフラストレーションが爆発するキッカケになり得るだろう。

マズいな、そう思いつつ掛ける言葉が見つからない俺だったが、そこで何やら小さな影がタナトスの服をちょいちょい引っ張る。

「ふっ、そこのお嬢ちゃん」

「ふぇ？」

なんか舌ったらずに渋めの声色を必死に出そうとしている幼女の姿があった。

ていうか、良く見るとさっきタナトスに話しかけて来た、前に並んでいた小さな女の子だった。

そしていきなりそんな風に話しかけられてしまったタナトスは本気で困惑したようで、目を白黒させている。

内気なのも相まって、先ほどの混乱状態が一瞬にして霧散したようだった。

「な、なに？」

「お嬢ちゃん、これが欲しいのかい？」

と、その幼女が差し出してきたのは、そう、俺達が求めていた玩具《おもちゃ》。

『デラックス・トゥルーレジェンドトリガーセット』だった。

「え、え？　くれるの？」

「ふっ。カワイイお嬢ちゃんはこれが『必要』、なんだろ？　だったらくれてやるよ」

そう一方的に言ってからタナトスの手に袋ごとそれを押し付けた。

「良いの？」

「うん、ヒーローならきっとそうするだろうから！」

と、女の子は答える。

しかし貰うだけなのは申し訳ないのでその分の金額をお母さんに支払い、

「……」

それこそ、ヒーローのように颯爽《さっそう》と現れ欲しいモノを渡されたタナトスは何とも言えない表情を浮かべていた。
その目には立ち去り遠くなり見えなくなりつつある幼女の背中が映っていて。

「う？」

タナトスが一つ、呻《うめ》く。

「？」

それは先ほどまで彼女が見せていた困惑とはまた違う感情が込められているみたいで、俺は思わず「どうした？」と彼女に尋ねてしまう。
しかしタナトスは返答せず、何かを感じ取ったかのように俺の腕にしがみついたまま視線をどこか遠くへと向けた。
……ただそれだけの仕草を見せただけだったが、しかし彼女の今まで見せた事のない感情に俺は否応《いやおう》なしにイヤな予感を感じざるを得なかった。

しかし、まさか。

こんな人が多い場所で何かしら事件が起こる可能性なんて――

「王子様、摑まって」

「え？」と俺が反応するよりも早く、少しだけ俺の腕を摑むタナトスの力が強くなり。

6

まず最初に破裂音がした。

破裂音というのはつまり何かが破裂した事によって引き起こされた音という事だ。

そしてその「何が」破裂したのかはすぐに理解する事が出来た。

目の前に転がっているもの。

それは「センタイフェスタ」会場の外に設置されていた巨大なバルーン。

そこにはフェイスファイターや女児向けアニメのキャラクターが描かれていた筈《はず》で、しかしそれは何らかの理由で破裂し、地面にべしゃりと落ちていた。

いや、何らかの理由と表現したが、その理由に関してはすぐに察する事が出来た。

分からないのは、「動機」。

何故《なぜ》それを破裂させたのかが分からない。

ただ——少なくとも。


「レジスタンス……？」


その者達が恐らくレジスタンス、その内の過激派メンバーである事は分かった。

何故それが分かったのかは単純明快、彼等《ら》は一様にして共通のシンボルを身に着けているからだ。

黒い翼、そして青いトサカのニワトリ。

それが描かれたバンダナ。

その者達はそれを腕に巻きつけている。

「なんだお前」

バルーンを何故、どのようにして破裂させたのかは分からない。

ただそれによって一般人達はここら一帯から逃げて行ったようで、そして逆にこの場所へと足を運ぶ事となった俺に対しレジスタンスの者達は胡乱《うろん》げな視線を向けてくる。

「邪魔する者は排除する！」

なんて、三流の小悪党のようなセリフと共に、手に持った木製の棒で殴りかかって来る。

その数、五人。

下っ端だからと言うべきか、その動きは統制というものが一切とれておらず、だからこそ一切の規則性というものがない為《ため》に対処する事が難しそうに見えた。

魔法剣による【切断】ですべて一気に対処する――

「お前等」

しかし、それよりも早く。

悪龍《あくりゅう》が吼《ほ》える方がずっと、早かった。

いつの間にか目を爛々《らんらん》と輝かせてその場に仁王立ちしたタナトスの頭部にはいつぞや見た王冠があって。

頭上には。

ツララが、あった。

氷柱《つらら》。

……空を覆うほどの本数。

それはもはや一枚の「天井」のようにも見える。

「それ」が、降って来る。

「……！」

流石《さすが》に「それ」はマズい。
そう思った俺はすぐさま魔法剣を取り出し、天に向かって刃を振るう。

「氷を『割る』！」

刹那、氷は衝撃と共に粉々になって真っ白でふわふわとしたパウダースノーのようになる。
風に舞うそれらはそのまま流れるように地面へと降り注ぎ、辺りを真っ白に染め上げた。
ほっと一息――胸を撫《な》で下ろそうとした俺の視界に映ったのは氷柱を鈍器としてレジスタンスの者達をぶん殴りに行くタナトスの姿だった。

「おらぁ！」

一人、また一人と地面を転がっていく。
そして全員が雪の上で倒れたまま立ち上がって来ないのを見たタナトスは一つ「むふ

ー」と息を吐いた後、俺に対して不満げに口を尖《とが》らせた。

「とどめは刺しませんけどぉ」
「それしたら本当に『お終《しま》い』だからな？」
「……悪龍にそこを問うのは間違いじゃありませーん？」

とはいえ彼女もそこまで本気ではなかったようで、かつ先ほど思い切りぶん殴った事である程度すっきりしたのか「ぐっ」と伸びをした後、「王子様ー」と俺が慎重に確保していた「それ」に視線を向けた。

「壊れ、てはないですよねー？」

リヴィアの為の玩具《おもちゃ》。
その安否を心配しているらしい。
念のため中身を確認した俺は「大丈夫だった」とひとまず彼女を安心させるために言い、それから気になった事を尋ねてみる。

「なんでわざわざ問題に対処しようって思ったんだ？」


何かしら問題が起こったようで。

そしてタナトスはすぐにそれを解決しようと行動に移った。

普段の彼女ならば想像出来ない選択だ。

それこそ、いつもならば見て見ぬふりをするか、あるいは興味津々で傍観しそうなものなのだが。

そして彼女は俺の問いに対し、すっと視線を外してから返答してくる。

「まー？　折角《せっかく》ヒーローものの玩具を貰ったのだし？　正義の味方みたいな事をしてみたかった、みたいなー？」

どうやら、なんだかんだ今さっき起きたばかりの出来事に対して困惑、混乱以外の感情も抱いていたらしい。

「まさか、私が幼女に情けを掛けられるなんて思ってもみませんでしたよー」

「それならいっそ感謝の言葉を言いに行くか？」

「い、いや。それは無理ですよー人の中に紛れちゃったし追いかけて感謝されてもビックリ仰天しちゃいますよー」

早口気味にそう言った彼女はそれから俺の手からすっと玩具が入った袋を奪い取り、抱きしめる。

何かするのかと思ったが、しかし彼女はただただ淡々と「帰りましょうかー」と提案してくるだけだった。

「今日は疲れましたよぉ。人がゴミゴミしていて疲れたので、リヴィアにこれを渡して謝ったら休みたいですー」

「そう、だな」

「それにしても、あいつ等」

タナトスは、じっと未《いま》だに意識を失って倒れたままのレジスタンスの連中を見、何やら悩み込む様子を見せたがすぐに「ま、いっか」と興味を失う。

「早く、帰りましょー」

「……そうだな」

何故レジスタンスの者が現れ、何をしようとしたのか。

それは確かに気になるけど、だけど俺達はそんな事よりも大切な事がある。

そちらを優先するべきだろう。

「帰るか」

「はいー」

タナトスは頷《うなず》き、てくてくと歩き始める。

割と足取りは速く、俺は慌ててその後を追うのだった。

7

「え、買ってきたの？」

早速、家に着いたタナトスは玩具を袋ごとリヴィアに渡したのだったが、渡された本人は目を丸くしてひたすら驚いていた。


「いや、買いに行けたの？」

「買えたの、じゃなくてですかー？」

「……普段の貴方《あなた》からは考えられないわよ。まさか偽物じゃないでしょうね？」

「失礼ですねー、私だって頑張る時は頑張るんですぅ」

「ふ、む」


リヴィアは何やら考え込んだ後、どうやら答えは見つからなかったようで諦めたように「やれやれ」と肩を竦《すく》めた。

それから大事そうに玩具が入った箱を取り出し、しみじみと「良かった」と心からの呟きを吐露した。


「良かった」

「二回も言うほど、ですかー？」

「折角だし、これは箱ごと保存用にしましょう」

「いつも通りガチですねー」

「そりゃあもう」


リヴィアはにやりと笑い、答える。


「私は趣味に関しては全力だもの」

「そうですかー」


どうでも良さそうにそう呟き、タナトスはのそのそと重たい足取りでその場から立ち去ろうとする。

　しかしその前に何を思ったのか振り返り、それからどうでも良さげな口調でリヴィアに言う。

「その、フェイスファイターってどういう奴《やつ》なんですかー？」

「……長い夜になるわよ」

「え」

がし。

リヴィアに肩を摑まれ、俺に対し助けを求める視線を向けてくる。

悪いな、助けにはなれそうにない。

俺は息を殺し、ずるずると引っ張られていくタナトスに心の中で合掌するのだった。

幕間《まくあい》　エイトクイーン

『退屈ね』

【十三階段】を支配している、あるいはこの世界を支配せんとしている存在である女王ことグリムはそう呟《つぶや》く。

『退屈ね』

彼女を楽しませようとする道化を演じる者はおらず、そしてこの世界は彼女にとっては退屈過ぎる。

だからこそ彼女はいずれこの世界が辿り着くであろう未来の一つ、その形である【物語】を構築し、そしてそれを打破する可能性があるケビンという存在も用意した。

そして始まる筈《はず》だった『対局』の時間。

【物語】はルクスという未知数の介入によって想定外な方向へと進み始めた。

それ自体は別に問題ない。

そもそもの話、彼女が【物語】を紡ぐ事にしたのはそれこそ退屈しのぎみたいなものなのだから。

自らの想像、想定、その斜め上を行く展開ならばむしろ願ったり叶《かな》ったりなのだ。

ルクスの登場によりこの世界はグリムにとってとても面白いモノになっている。

そして同時に、自らのコントロール下から半ば外れた想定外の現状であるからこそ、自分にとって都合が良い方向に進むとは限らない。

いや、正確に言うのならばテンポ良く進行していくとは限らない、そのように表現するべきだろうか？

『まさか、あれからほとんど展開的に変化がないとはね……』

この世界、【物語】に参加している登場人物達。

彼等《ら》彼女等の観察は怠っておらず、だからこそ今の状況が『停滞』である事をグリムは理解していた。

『ケビンは勿論《もちろん》だけどその他の者達もほとんど沈黙状態だし、エキストラは何やら賑《にぎ》わっているみたいだけど』


それに愉悦を求めてもねぇ。

そして同時に【物語】が想定外な方向に進行していく事になった原因である存在。

つまりルクスに関してもそれは同じと言えた。


『つまりあの未知数もまた何かしらの規則性、あるいは私が認知出来ていない何かしらのルールで動いているのかも。それはそれで興味深いけど』


本気でそこを調べるつもりはないようだ。

彼女にとってそれを自らの手で本格的に調査するのは、それこそ期待している映画のネタバレをネットでわざわざ調べ上げるような行為なのかもしれない。

なんにしても――どちらにせよ。

現状、イベントのような事は何一つとして起きていない。

凪《なぎ》の時間、沈黙の空間。

それはグリムにとって極めて退屈な時間だった。

『そうね、そう……対局相手がいないというのもやはりつまらないし』


本来の話ではあるが。

グリムの想定だと、【物語】には元々『敵役』が存在していた。

あるいはグリム本人の言葉を借りるのならば対局相手。

その存在はグリムと同等、あるいは鏡の中の向こう側にいる虚像のようにそっくりな敵対者。

クラウン家、その最後の技術者によって作られたデウスエクスマキナ。

……『セブン・クラウン』という名前で稼働する予定だった人工知能は、未だに沈黙を保っている。

あるいは動き出す理由がないというだけかもしれない。

そもそも『セブン・クラウン』はセブン・クラウンが亡くなった後に活動を開始する筈だった。

穴埋めをする為、あるいはその遺志を継いで彼女が行う筈だった事を成し遂げる為に。

その行動原理や起源は【物語】にとって予定調和だったとしても、そのように事は進む筈だった。

だが前提として。

セブン・クラウンは生きている。

『セブン・クラウン』のベースとなった存在は生きているし、生きている以上は『セブン・クラウン』が代替役としてその穴埋めを行うために活動を始める理由はない。

『重要なのは変数、そして未知数。対局者役として「セブン」がその席に着かなかったとしても、彼等は各々勝手に動き私を楽しませてくれるでしょう——とはいえ「セブン」がいると盤面がよりスムーズに進行していくであろう事もまた事実なのよね』

儘《まま》ならないわねぇ。

そのように呟いたグリムだったが、次の瞬間何かを思いついたかのように、それこそたった今思いついた突発案をさらっと口にする。

『それならセブン・クラウンをさっさと退場させてしまえば良いわね』

どうせ元々はいない筈の存在なのだし。

そのように判断したグリムは、それこそ機械的な判断の早さで行動を開始する。

あるいは盤面を大きく動かす為の準備の為に、「それ」を呼び出す事にした。

「……」

そして「それ」は影から滲み出てくるようにどこからともなく姿を現し、グリムが表示されているテレビの前で頭を垂れた。

『セブン・クラウンは知っているわよね？　貴方《あなた》が以前、暗殺に失敗した存在』

「……」

『セブン・クラウン』が動き出すそのきっかけを作る為にクラウン家を滅ぼそうとした【十三階段】。

しかしその目論見《もくろみ》は中途半端に成功、あるいは失敗する事となった。

それこそ、セブン・クラウン本人は今もなお生きている。

『本来、彼等を駆逐する際に貴方が用いる筈だった闇の魔石。それをいきなり前触れもなく紛失してしまったのよね』

「……」

『それならばプランを変更し、確実に目的を遂行する為に引き返すべきだったのに貴方は愚かにもそのまま計画を実行した』

「……」

『だからこそ貴方には本来与えられるべき名前が与えられず、今もなおただの「襲撃者」であるのだけど——今回、貴方にチャンスを与えるわ』

セブン・クラウンを排除なさい。

そして『襲撃者』がその言葉を最後まで聞き届けたかどうかは分からない。

気づけば『襲撃者』の影はその場には残っておらず、風のように慌ただしくこの場から立ち去っていったらしい事に対し、グリムは「やれやれ」と呆《あき》れた声を漏らす。

『まあ、結果が伴っていればそれで良いわ。精々私を楽しませてちょうだい』

3　思いやり

1

あの日の事を思い出す。

「お父さん、もう夜も遅いから休むべきだと思うわ」

父親の自室、その扉の隙間から光が零《こぼ》れているのを確認したセブンは呆《あき》れながらも扉を開けてパソコンと睨《にら》み合っている父親にそう告げる。

そのように夜遅くまで作業を続けているのは今日に限った事ではなかったし、だから今更口を酸っぱくして「夜になったら早く寝るべきだ」と指摘したところで聞いてくれるとは思えなかった。

とはいえ、それでもセブンが注意をすれば徹夜してまで作業を続けるという事はしないようなので、だから彼女は注意を続けていた。

夜になったら、寝るべきだと。


「……ああ、セブン」

「もう十一時よ、そろそろ布団と枕が恋しくなったんじゃないかしら？」

「セブン。寝る子は良く育つと言うように、君のような年頃の女の子は早く寝るべきだ」

「その言葉をそっくりそのままお父さんに言う為にこうしてここにいるのだけど？」

「……ああ、そうだったな」


苦笑いを浮かべている父親の姿を見、そんな表情を浮かべたいのはむしろこちらの方だと思う。

そもそも父親は既に六十歳を越えようとしていたし、だから夜遅くまで作業を続けられるほどの体力はない。

それでも気力と根性、そしてやる気だけで自らの限界を突破しようとする父親に対し、やっぱりセブンは呆れるしかなかった。

もっと、自分の身体の事を愛して欲しかった。

そんな——こんな風に言えばきっと良い気はしないだろうけど——人工知能なんて何の為になるか分からないモノを頑張って製作する必要はあるのだろうか、と。

父親の頼みで何度かセブンもその手伝いをしたし、実際それはセブンにとっても貴重な体験で楽しかったと言わなければ嘘《うそ》になってしまう。

だけど、それ以上に。

やっぱり父親の身体の方が大切だ。

このままいくと過労で倒れてしまうのではないかと、そのように心配してしまう。

だからいっその事、子供のように甘えて「一緒に寝よう」とか提案する手も考えたが、しかしそんな事をする歳《とし》でもないなと彼女は苦渋の末諦めた。


兎《と》に角《かく》。

作業に熱中して一向に休む様子のない父親。

それを休ませようとこうして部屋にやって来た訳だったが。

幸か不幸か。

……間違いなく不幸ではあるのだろう。

しかし、「それ」にとってはセブンとその父親が一室に集う事を狙っていただろうし、だからこれは多分、幸でも不幸でもないのかもしれない。

運命、なんて言葉を使いたくはないけれど。

だけどそのように表現するしかなかった。


「……！　セブン!!」


父親に突然怒鳴られ、今までそんな緊迫した父親の声を聞いた事がなかったセブンは思わず身を縮める。

そんなセブンの視界の先で、父親がパソコン――様々なデータが入っているであろう、彼にとっては自分の人生そのものと言っても過言ではないもの――を、乱暴に押しのけてセブンのところまでやって来る。

そして――その脇を通り抜けて行った。

刹那の間に起きた出来事。
振り返り、父親の腕から血が噴き出るのを、見る。

「ぐ、」
「お――」

お父さん！
そのような叫び声を思わず呑《の》み込む。
そこにいたのは、黒ずくめの男。
黒いスーツ、黒い髪。
整えられた髭《ひげ》に黒いサングラス。
その手にはダガーナイフが握られていて、その刃はうっすらと赤い血で湿っていた。

「セブン、逃げなさい！」

魔法。

そして生み出された氷、その棒を握りしめた父親が乱入者に飛び掛かる。

それをあっさりと避けた乱入者は、しかしすぐに表情を変えた。

避けた筈《はず》の氷の棒。

それが途中で「くい」と捻《ね》じ曲がり、避けた筈の乱入者の動きを追った。

想定外の攻撃、それでも乱入者はそれを辛うじて避け、しかしその表情からは完全に余裕が消えて「ぐっ」とダガーナイフを握りしめる。


「セブン！」

「……‼」


父親に怒鳴られ、恐怖に駆られたセブンはすぐにその場から逃げ出す。

窓を開けそこから家の外へと抜け出す。

真っ暗な庭を横切り、低い門を飛び越える。


「だ、誰か――っ」

叫び、助けを求めようとするがそこには誰もいない。

セブンはそのまま光を求めて薄暗い道を走り。

そして、ようやくバチバチと音を立てている街灯の下に人影があるのを見つける。

「……！」

「助けて！」

セブンはその人影まで走り、必死に叫ぶ。

そして、その人影が振り返ってセブンの方を見た。


その顔、身体が血に濡《ぬ》れているのを見る。

「せ、ぶん……」

そこにいたのは。
セブンを恨みがましく見ていたのは。

誰でもない、あの日殺された父親本人で――

2

「……っ!!!!」

飛び起き、悲鳴を上げそうになったセブンは、今までの体験がすべて夢であった事をすぐに理解する。

夢。

悪夢。

あるいは過去の追憶だろうか？

どちらにせよ、かつて起きた事。

過ぎ去りし思い出。

自分は結局父親の死に顔を見た事がない。

……あの日、そもそもセブンは人通りが辛うじてあった明るい道まで走り切り、そこで追跡者がいない事を理解した時点で「ほっ」として意識を手放した。

目を覚ますとそこは病院で。

彼女は——自らの父親が【十三階段】の手の者によって殺《あや》められた事を知った。

後で知った事だが、そこは【十三階段】によって傷つけられたりした者を受け入れる闇病院で、そこにはセブンと同じような境遇の子供が沢山いた。

セブンはその場所で【十三階段】という存在がネオンシティに影を落とそうとしている事を知った。

そしてその病院の仕事を手伝っている内にレジスタンスの原型のようなモノが出来上が

っていて、次第にその活動は――

「……」

これも後で知った事だが。
父親はその病院の活動を裏で支援していたらしい。
だからこそ命を狙われたのかもしれないし、違うかもしれない。
分からない。
ただ、父親があんな場所で死んで良い人間ではない事だけは分かっていた。
だから。

「お父さん」

枕元に置かれた父親の写真。
本当は自分とのツーショット写真が良かったが、残念ながらそのようなモノはどこにも残されていなかったし、そもそものようなモノを撮った記憶がなかった。

こんな事になるならば写真に収めておけば良かったと思ったたし、そう思う事自体なければ良かったのにとも思った。

「……」

それから、セブンはスマホを手に取り何かしらの連絡が来ていないかと確認をする。
そして、溜息《ためいき》。
案の定と言うべきか、沢山のメッセージが来ていた。
曰《いわ》く——判断が遅い、とか。
曰く——もっと支援が必要だ、とか。
曰く——早く次の作戦に移るべき、とか。

「随分とまた好き勝手言ってくれるわねーっと」

気持ちは分かるがあまりにも自分勝手が過ぎないかなーとも思いつつ。
とはいえ近いうちに行う作戦が成功すれば少しは大人しくなるのかしらと思いつつ、セブンはぐっと伸びをするのだった。

3

この世界で生きていく為には幾つかのルールを守らなくてはならない。

いや、ルールというのは俺が勝手に考えたものなのだが、兎《と》に角《かく》何事もなく平穏に生きていく為には守らなければならない事があるのだ。

第一に――原作には近づかない。

不慮の事故とかは考慮しないとして、出来るだけ原作は原作のまま進行していく事を祈るのだ。

当たり前だが原作に対して俺が介入してしまうとどうなるか分からない。

だから原作には極力近づかないようにする。

ただまあ、今の今まで原作に近づかなかったお陰で、実際のところ原作がどこまで進んだのかまるで分かっていない。

そもそも時系列は分かるけれども、具体的に原作にどれほどの時間経過があったのかは俺も分からなかった。

更に言うとメインストーリーの他にサブストーリーとかもあるし、『修行編』ならぬ『レベル上げ』のシーンもあると考えると、もはや何が何だかって感じである。

兎に角——基本的に原作には近づかないようにする。

その為には、第二として原作のエリアには極力近づかないようにしよう。

アイドル、つまりリヴィアのライブステージは除くとして……そもそも行く予定がないし行くつもりもないが。

ペングィーンランドへはもうしばらくは行かないようにするべきだし、その他のエリアも危険だろう。

その他にも行かない方が良い場所は多いが、そこら辺はそれこそ原作知識で何とかする。

なんとかなって欲しい。

なんとかなってくれないかなぁ……

「リゾートエリア」

「駄目です」

「い、いや。まだ何も言ってないんですがー」

家に帰って来たらタナトスの様子がおかしかったので警戒していたのだが、案の定だった。

リゾートエリア。

人工の海と太陽が輝く白夜の区画。

「そもそもリゾートエリアに入る為には多額のお金が必要だ。うちにはそんなものない」

「えー」

「より正確に言うならば、リゾートエリアに行くお金があるならばもっと有意義な事に使いたい」

「ふーむ」

「更に言うと、リゾートエリアに行ったところで多分俺はホテルの部屋でゆっくりして時間を潰す事になるだろうから、間違いなくお金の無駄だ」

「むいーん」

「分かったか？」

「残念ですー」

意外と物分かりが良かった。

逆に不審に思う。

「……何か企んでる訳じゃないよな？」

「別に、そんな事ないですよー」

「そもそもお前、ペングィーンランドに行った時だって初《しょ》っ端《ぱな》から飽きて早く帰りたいって言ってたじゃないか」

「そ、それは言わない約束ですよー」

すっと目を逸《そ》らした彼女だったが、しかしすぐにこちらに向き直って少しだけ真剣そうな表情を浮かべた。

「実はですね、今のタナトスはかなり調子が良いです。ぶっちゃけ絶好調ですー」

「それはうん。不本意だが知ってる」

元気過ぎて動きも声も五月蠅《うるさ》いので、出来る事ならば一メートルくらいは距離を置いて喋って欲しいくらいである。

「多分これは一過性のもので、多分いつかは消えてなくなる元気さだと思うんですよねー。ですから、今の元気なうちに元気な時にしか出来ない事をするべきだと思うんですよー」

「ふ、む？」

少しだけ、一理あるなと思ってしまった。

不本意ながらも。

「だって。元気がなくなってしまったら、元気な時に楽しめたものも楽しめなくなる訳でしょう？」

「それは、そうだが」

「だから。みんなでリゾートエリア、行きませーん？」

「駄目に決まってるでしょ？」

と、割り込んできたリヴィアが呆れ顔でこちらを見てくる。


「お兄さんも、理屈っぽい屁理屈で納得してちゃ駄目じゃない。元気なのは確かだけど、そもそも元気だからといってそういうところに行って楽しめるかどうかは別問題だと思うわよ」

「だけど、元気じゃない時はますます楽しめる可能性が低くなりませーん？」

「ゼロに何を掛けたところで結果はゼロでしょうが」

「……足し算で計算しません？」

「乗算よ、残念ながら」


頭が固いですねー、とタナトスは呆れ顔になる。


「リヴィア的にはそんなに魅力を感じないのですかー？」

「魅力を感じるかどうかはこの際問題じゃないわ。そこに向かうまでに支払うモノに対して対価が少ないって話」

「つまりお金ですかー」

「ありていに言ってしまえば、そうね」

「むー、それを言い出されたら沈黙せざるを得ませんねー」

「全く……」

「じゃあ、ここは普通に室内プールで手を打ちましょう」


……ん？


「リゾートエリアは諦めますから、ここは普通に近場のプールで我慢します」

「おい待て、何でそうなる？」

「リゾートエリアに向かうまでに支払わなくてはならないモノと比較するならば、ただ近場のプールに行くのはぶっちゃけタダみたいなものじゃありませーん？」

「……プールで妥協しますみたいな事を言っているけど、そもそもプールに行ったとしてそこで得られるものがあるかどうかはまた別問題だぞ？」


それこそお前、インドア派だろ。

「どうせまた、途中で飽きて『帰りたい』って言い出すんじゃないか？」

「大丈夫ですっ、この通りですから！　だから、行きませーん？」

顔の前で手を合わせるタナトスを見、俺とリヴィアはどうしたもんかと見つめ合う。


「……どうする」

「……いや、私に言われても」

「……そもそもどうしていきなりプールなんだ？」

「……何かに影響を受けたんじゃないかしら？」

「……アニメとか？」

「……ゲームかもしれないわね」

「……」

「……」

しばしの沈黙。

結局のところ決めなくてはならないのは「プールに行くかどうか」という事だけなのだが、何故か無駄に緊張感のある静寂が部屋の中に漂う。

とはいえ「プールに行くかどうか」という割かしどうでも良いような事で延々と悩み続けるのもそれこそ時間の無駄である。

そのように判断した俺は苦渋の末に判断を下す。

「分かった、それじゃあ休みの日に朝から行こう」

「お、やったー」

「良いの、お兄さん？」

呆れ顔で尋ねてくるリヴィアに俺は答える。

「……まあ、プールでゆっくり出来ない訳ではないからな」

「そっか……」

とはいえ、俺の決断は尊重してくれるみたいで、リヴィアは「……大人しめな水着を用意しておきましょう」と小さく呟《つぶや》く。

「流石にアレは無理だし」
「じゃあ、一緒におそろ着ますー？」
「私はそれでも良いけど、貴方《あなた》は？」
「問題ないの助～」

なんか気づけば二人でワイワイとパソコンを眺めながら着用する水着について相談し始めたので、俺は「なんだかなあ」と思いつつ二人が楽しそうにしているのならば「まあ良いか」と思う事にするのだった。

4

「う、海……？」

そして早速プールに辿《たど》り着いたところ、タナトスはその光景を前にしてわなわなと慄いていた。

「で、デカすぎませんー？」

「いや、普通に市民プールだが？　確かに市民プールにしては規模が大きいのは確かだとは思うけれども」

事実、今俺達が来ている市民プールは上から見ると一辺が四捨五入すると一キロになる正方形の形をしていて、中には様々なタイプのプールがある。

流れるプールに始まり波のプールにウォータースライダー。

子供用のプールとして浅い水位のバージョンも用意されている。

客観的に言うのならばかなりお金が掛かっている大規模な市民プールであるが、ネオンシティにはもっと大きなプール施設があるというのだから驚きである。

「ど、どこから回りましょうかー」

「……そうだな」

「ん？　どうかしましたかー、難しい顔をして？　何かあったんですかー？」

「いや、何でもないよ」

正直に言うと、この広過ぎるプールを目の当たりにして俺は少し途方に暮れていた。

昔見た、エサの皿にざらざらとエサを流し込まれて困惑する猫の動画。

今、俺はその猫の気持ちになっていた。

自分の想定していないスケールのものを前にするとこんな気持ちになるのだなと思うと同時に、隣にいるタナトスは未だに元気そうにしているので少しだけ感心していた。

あるいは、元気という言葉は本当だったんだなと考えを改めていた。

「か、帰らない？」

むしろ、ビビっていたのはリヴィアの方だった。

「えー、なんでですー？　まだ水面にすら触れてませんよー？」

「いや、触れたじゃない。あのやたら冷たい水に足を付けたじゃない」

「あれはプールというかプールに入る前の通過儀礼みたいなものじゃないですかー？」

「なんでこんなに巨大なプールなのにそこら辺は古典的なのよ……」


ぶつくさと呟いている。

なんて言うか、今すぐにでも帰りたいと言わんばかりだった。

……そんな二人だったが、格好はというと割と普通の水着姿であった。

派手さはない、普通のビキニスタイル。

どうやら自分達が、正体を知られたらヤバい存在であるという自覚はちゃんと相変わらずあるらしい。


「うーん、うん。まずはどこで遊びましょうかねー？」

「うわ。流れるプールってこんなに一周が長いモノなの？」

「折角《せっかく》だし、浮き輪を借りてきますかー？」

「……そうしようかしら」

わいわいしながら浮き輪を借りに行くらしい二人の背中を見、それから俺もまたこれからどうしたものかと腕を組む。

正直に言うと、プールで遊ぶほどの元気はない。

だからそれこそ流れるプールでずっと流されるままになるのが一番楽かなーとも思ったが、しかし「折角来たのに浮いているだけなの？」という気持ちが湧いて来る。

まさかプールに来てみたらむしろ楽しんでいるのはタナトスで、リヴィアと俺の方がプールの広さに圧倒される事となるとは思ってもみなかった。

……なんて言うか、それは少しだけ悔しかった。


「……ん？」


なんか、視線を感じた？

俺は自分に向けられていた（ように感じた）その正体を探るべく周囲をきょろきょろしてみたが、しかしながら周囲にはそのような人間はどこにもいなかった。

「……？」

首を傾《かし》げつつ、最終的に「勘違いだったかー」と判断してとりあえず二人が帰って来るのを待つのだった。

5

「な、なんで……！」

一方、セブンは自分の不運を呪っていた。

彼女、ついでにレジスタンスのメンバーがこのプールにやって来たのは勿論レクリエーションとか休暇の為とか、そんな理由ではない。

この市民プールの水温は常に一定に保たれているが、それを保つための熱がどこから生み出されているのかというと、地下にある施設で生み出された何かを利用しているという事が判明した。

どちらかというと、プールの為に熱があるのではなく熱の為にプールがあるといった感じだろう。

そしてその熱がどのような理由で発生しているのか。

【十三階段】が何かをしているらしい事は間違いなく、それを調べる為に彼女等《ら》レジスタンスはこの場所へとやって来たのである。

既にレジスタンスは侵入組と見張り組に分かれていて、そしてセブンは総監督として地上で待機していた。

プールにいるのだからと怪しまれないように水着を着て。

少しだけプールで遊んでいる気分になりつつも気を引き締めて仲間達と連絡を逐次取りつつ。

なんか、知り合いが近くにいた。

「な、なんでいるのかしら……ていうかよくよく考えてみると、わたくし達ってことある事にエンカウントしていないかしら?」

そのようにぼそぼそ呟きつつ建物の陰に隠れて頭を抱える。

まさか知り合いがいるからといって今更計画を中止する訳にはいかない。

そもそも潜入し始めちゃっているのでもう計画を最後まで遂行するしかないのだ。

「うー」とセブンは唸りつつ、こうなったらもうひたすらあの人に見つからないまま計画が完遂する事を祈るしかないなと思い、建物の陰から顔を出し――


「あれ、リゲルさんじゃん」


がっつり見つかった。

目があったというか普通に気づいたら近くにいた。

そこにいたのがセブンという事に驚いたようで目を丸くしているが、セブンはセブンでこの状況をどうすれば良いのかと頭をフル回転させていた。

ていうか投了したい気分だった。


「なんてこったい……」

6

不味い事になったと思った。

いや、別に俺は何もやましい事をしてはいないのだが、しかしリヴィアとタナトスの存在をリゲルさんに知られるというのは微妙に抵抗があった。

少なくとも二人が悪龍《あくりゅう》であるという事は分からないだろうし、分かったところで「それって何？」って感じだろうが。

しかし、総合的に考えて二人の存在は出来るだけ知られない方が良いだろう。

群衆の中の二人という認識をされるなら良いが、二つの個体として認識され始めたら問題だ。

いや、ていうかそれ以上に俺みたいな人間が美少女二人とプールに来ているというのは普通に怪しまれる可能性がある。

俺は俺という人間がどのように見られているのか、ちゃんと理解しているのだ。

「……ど、どうも」

「え、ええ。奇遇ね、まさかこんなところで会うなんて」

どうしよう、言い訳というか良い感じにこの状況を切り抜けられる説明が思いつかない。

何か俺が隠している事を察しているのか感づいているのかは分からないがリゲルさんも
どことなく挙動不審だし、不味い事になってしまった。

……とりあえず、今はリゲルさんと早急に別れてからリヴィアとタナトス、二人と共に
ひっそり息を潜めているのが正しいのだろうか？

うん、そういう方向で行こう。

「すみません、リゲルさん。ちょっと知り合いと遊びに来ているので、申し訳ないですが
ここいらで失礼します」

「あ！　そうなのね！　それじゃあ、さよなら!!」

良かった、自然な流れで別れる事に成功したぜ！

俺は濡れた地面の上を滑らないように移動しつつ、浮き輪を借りに行ったらしい二人の姿を探す。

そしてどうやら遠くには行っていなかったようで既に浮き輪を二つ持って来ていた二人を発見し、俺は「おーい」と声を掛ける。


「……どうしたの？」

「変な声を出してどうしたんですかー？」

「な、何でもないよ。それより早く泳がないか？　波のプールに行こう」

「？　いや、あそこはむしろ波に当てられるプールであって泳ぐ場所ではない気が」

「じゃ、じゃあ流れるプールに入ろう」


俺の提案に対し、しかしタナトスは「いえー」と逆に提案を被せてくる。

「折角だし、ウォーターースライダー行きませーん？」

「う、ウォーターースライダー……」

いやそんなあからさまに派手なところは……

一瞬そのように思ったが、しかしよくよく考えるとウォータースライダーって地上から少しだけ離れる事になるなと思い、「よし」と頷《うなず》く。

「それじゃあウォータースライダーに行こうすぐ行こう」

「お、おおー？」

「……なんかお兄さん、挙動不審じゃない？」

「そ、そんな事ないさ早く行こう」

俺は二人の手を引いてそそくさとウォータースライダーの乗り場へと急ぐ事にするのだった。

幸いと言うべきか何と言うべきか、ウォータースライダーの前には少しだけ列が形成されていて、これならばこの中に紛れて気配を殺していれば目立つ事もないのではと楽観的に思った。

「……」

「……」

なんかリゲルさんがいるんですけどー。

「き、奇遇ねまた会ったわね」

「う、うん……」

リゲルさんは二人の姿を見て今にも逃げ出したそうだ！

ヤバいな、リゲルさんの表情は物語っている。

リヴィアとタナトス、二人の正体はどうでも良いけど俺という人間からはさっさと離れてしまいたい、と。

完全にヤベー奴《やつ》みたいに思われてるじゃん。

あるいは、知り合いと思われたくないのか。

……とはいえ二人について詳しく追及される事なく離れて行ってくれるのならばむしろありがたい。

申し訳ないけど——

「知り合い、ですかー？」

なんかタナトスがリゲルさんをロックオンしているんですけど！

何か怪しげなものを見る目をしている。

それに対してリヴィアは「こら」と窘めつつ、しかし好奇心は少なからず感じているみたいだった。

「お、お友達と遊ぶつもりよね」

「そ、そうだな」

「じゃあわたくしはここらへんで」

そそくさと去っていく彼女の背中をじっと見、タナトスは呟《つぶや》いた。

「……何者？」

「い、一般人だよ」

「ふうん？」

何かを考え込むように顎に手を当てるタナトス。

しかしすぐに「まあ、良いかー」と思案顔から楽観的な表情に戻った彼女は、それからウォータースライダーへと視線を向ける。

「早く遊びたいですねー」

7

「か、帰りたい……」

とりあえず仲間からの連絡を待ちつつ、時が来たら直ちにこの場所から離脱しようと心に決めたセブン。

そそくさと三人の下から離れた彼女だったが、少し八つ当たり気味に呟く。

「わたくしがこんなにも頭を悩ませているのに、あんな楽しそうに……」

楽しそう。

実際そのように見えた。

家族のように仲睦まじい三人。

その姿を見て感じるのは、羨望……だろうか？

「……」

まあ、確かにあんな感じに何の悩みもなくこの場所を楽しめるのならばそれに越した事はない。

友達と一緒に遊べるのならばなおの事だろう。

まあ、セブンには友達がいないと言っても過言ではない。

レジスタンスのメンバーはどちらかと言うと仲間であって友人ではない。

そしてそれ以外となると、それこそ――

「……ルクス」

彼以外に、連絡先を知っている人はいないのだが。
そういう意味で、彼はセブンにとって友人とも言えるかもしれない。
その存在は未だ謎ではあるが、それでも少なくとも悪人と断ずる事は出来ない人柄をしているし、それに。

あんな風に楽しそうに笑っている人が、悪い人とは思えなかった。

友達と一緒に、楽しそうにしているその姿。
そこに自分がいる姿を、想像する。

『なあ、セブン。一緒に今度は波のプールで泳がないか?』
『いやいや、ルクスさん。あそこは泳ぐような場所ではなくて波を楽しむ場所よ?』

なんて、そんな会話をしたりして。

「……駄目ね、っと」

そこでレジスタンスの仲間から連絡が入る。
どうやらこの施設の地下にあるモノ、その真実に辿《たど》り着いたみたいだった。

「もしもし、はい……ええ。廃棄物の処理？　ええ……っと、とりあえず【十三階段】に関する重要そうなモノがあったら持ち帰って頂戴」

そのように指示を出しつつ、脱力せざるを得なかった。
どうやら【十三階段】に対して大ダメージを与えられるようなそんなモノはここにはないみたいだ。
だとしたら本当に無駄足だったじゃん……

「いや、作戦自体は成功したのだから前向きに考えないと」

とりあえずは「何事もなかった事が判明した」という事を持ち帰らないと。

それで恐らく一部の連中は怒り出すだろうが、それでも作戦が失敗してメンバー達が傷つくよりはずっと良い。

自分が怒鳴られ、ストレスを溜めるだけで済むのならば、それで良いのだ。

「……帰ろう」

8

「……帰ろう」

そのように俺が提案したのは何時間前だっただろうか。

流れるプールに浮き輪でぷかぷか浮かびながら流される事、数時間。
リヴィアは既に飽きているようで目が死んでいて、そしてタナトスは何が楽しいのかきゃいきゃいしていた。

「帰らない？」
「あと、一周！」
「そ、そっか」

どうやら、まだまだ俺達がこのプールから逃れる事は出来ないみたいだった。

マジかよ……

4　想定外、あるいはページの外側で

1

情報収集、情報記録、情報予測……

彼女がレジスタンスのリーダーとして行うべき仕事は多い。

前提としてレジスタンスは正義の名の下で活動を行っている事をまず第一に考え、【十三階段】を打倒するための策を練る。

同時に、【十三階段】という勢力はネオンシティに深く根付きつつある事も事実であり、そうである以上その勢力と戦うという事は即《すなわ》ち社会そのものに対して攻撃する事を意味する。

英雄や勇者は魔王を倒して平和な世界を取り戻す。

物語ならばそんな風に悪を倒すだけで世界は救われるだろう。

あるいはもう少し現実的に物語を語るのならば、歴史とは勝者のみが語る権利を得られるものである。

つまりは、社会というものを破壊し尽くしたとしても最終的に勝者になれば「それ」を悪として今まで行ってきた非道を肯定する事が出来る、なんて。


「そう単純明快なものではないわよね」


レジスタンスの者達の中にある雰囲気というものもまた厄介だとセブンは考えている。

まず、レジスタンスのメンバーは基本的に【十三階段】によって社会の中でまともに生きていく事が出来なくなった者達である。

だからまず最初に【十三階段】への憎しみを少なからず持っている。

それが根付く事を許容している社会に対しても。


「……」

レジスタンスの活動は、客観的に見るのならば破壊行為である事に間違いない。

それは否定する事の出来ない事実であり、少なくともセブンはそれをすべて肯定する事は出来ないと思っている。

【十三階段】を倒すという名目があったとしても、人を傷つけてはいけないという極めて真っ当な思考を彼女は持っていた。

その上で、セブンはレジスタンスのメンバーを率いて【十三階段】を倒すという目的を達成しなくてはならない。

自分は正しいと肯定出来る事を行ってはいないという気持ちが常に心の中で渦巻いている事を自覚しながら。


「わたくしが本来するべき仕事ではないのよね、きっと」


そんな風に思ったりしながら、作業を続ける。

リーダーとして、リーダーになった者としての責務を全うする。

それが今の彼女にとっての最善だった。

「全く……儘《まま》ならないわね」

そんな風に呟《つぶや》いていると、いつの間にか部屋に入ってきていたケビンが立っている事に気づき、セブンは「あれ？」と首を傾《かし》げる。

「今って確か、アルバイトの時間じゃなかったかしら？」

「クビになった」

「ええ……？」

「自分は神様だとか宣《のたま》うヤバめの奴《やつ》が現れたから通報したら、何故《なぜ》か俺が怒られた。口答えしてたらなんか辞めさせられてた」

「……えー？」

「それより」

「わたくしとしてはもう少しクビになった事を気にして欲しいのだけれども」

なあに？

尋ねるセブンに対しケビンはただ一言「厄介な事になってる」と口にする。

「レジスタンスの一部の連中、過激派って言っても良いんだろうけど。結構抑えが利かなくなってる」

「そう……」

「ガス抜きが出来てないからだと思う」

「ガス抜きをする場所がないのよー」


そもそもガス抜きと言っても、それが必要な状態にある彼等《ら》が基本的にやりたい、やってやりたいと思っているのは【十三階段】への逆襲な訳だし。

そういう意味でも、現在のレジスタンスというのは極めて不安定なのかもしれない。

【十三階段】に対する感情は同じかもしれない。

だが、ただそれを打倒したい復讐《ふくしゅう》したいと思っている者と、自分達と同じように不幸な目にあう者がこれ以上増えないように戦おうとする者達との認識の違いは、きっとこの先致命的な溝となる事だろう。

「うー、わたくしがもう一人必要だって思わずそんな風に考えちゃうわ」

「セブンは一人しかいないんだ、身体を大切にしてくれ」

「ま、普通はそうよねー……」


そして、セブンは自分の代わりとなるであろう存在があった事を知っていた。

……いつも、懐にひっそりと潜ませているUSBメモリー。

それは父親の遺品であり、最後の作品が記録されている。

解凍し、展開すればきっと——


「……いえ、兎《と》に角《かく》ケビン。貴方《あなた》は引き続き待機よ」

「ああ、分かった」

「全く、みんなが貴方みたいに聞き分けが良ければ助かるんだけどねー」

「俺は聞き分けが良いだけだ、自意識が足りてないとも言う」

「まあ、そこに関しては今後おいおい、ね？」


部屋から出ていくケビンを見送ったセブンは、念のためスマホを操作してレジスタンスのメンバー全員にメッセージを一斉送信する。

兎に角、冷静に機会を待つように、と。

しかしそれをちゃんと聞き届けてくれる人はどれほどいるのかと考えると、やはり陰鬱な気持ちになってしまうセブンなのだった。

2

タナトスがヒーローものに対してどのような感情を抱いたのかは分からない。

あの子供との些細《ささい》な出会いがタナトスにどのような影響を与えたのかも分からない。

ただ、少なくとも何かしらの影響を与えたのは間違いないような気がする。

そしてここで問題なのは、その影響というものが彼女にとって正か悪かという事である。

正しい影響ならば問題ないし、悪影響ならば正さなくてはならない。

……少なくとも今の彼女は悪い事を行おうとはしていないし、むしろ正しい事を率先して行おうとしている、そんな気がする。

ただ、問題なのは。

善意があってもそれが他人にとって悪影響を及ぼす事は普通にあり得るって事である。

「お兄さん……」

珍しくソファの上に深く腰掛けたリヴィアが疲れ切った声色で俺に告げる。

「あの子、テンション高過ぎない？」

あの子、というのは勿論《もちろん》タナトスの事である。

そしてテンションが高過ぎるというのも言葉通りの意味。

本当に、タナトスのテンションが高いのである。

「なんでなんだろうな……」

「いや、原因というか大本の理由は把握しているけど」

「え？」

「エネルギーの出所は分かるけど、エネルギッシュになった理由が分からない」

「それは」

「話は勿論聞いたわよ？　だけど申し訳ないけど、そこまで彼女に影響を及ぼすような出来事のように思えなかったから」


他人の事なんてどうでも良いと考えていると思ってた。

……失礼な物言いだが、しかし彼女はある意味タナトスの事を誰よりも知っている訳だし、その本人が言うのだからきっとそうなのだろう。

俺だってそういうタイプだとちょっとだけ思っていたし。

「うーん……気持ちはありがたいけど結果が伴っていないのが本当に困る」


現在、俺達の家はそこそこ散らかっていた。

恐ろしいのは、その原因がタナトスの百パーセントの善意である事である。

掃除洗濯、家事全般。

それを自らの意思で手伝い始めたタナトス。

その気持ち自体は素晴らしい事だろうし、尊重されるべき事かもしれない。

しかし結論から見るのならば、それこそリヴィアの言った通り、結果が伴っていないのである。

掃除をすれば掃除機がモノに当たって綺麗《きれい》になった分モノが散乱する事となるし。

洗濯をすれば洗剤の量を間違えて台無しにする。

今のところ柔軟剤と洗剤、漂白剤をそれぞれ間違えたりしないところは偉いと思うけど。

それをやったら、多分リヴィアが有無を言わせずタナトスに「何もするな」と命令するだろうから。

逆に言うと、致命的な失敗は何一つとして起こしていないからこそ厄介とも言える。

本当に何一つとしてメリットがないのならば止める事に躊躇《ちゅうちょ》する必要はない。

しかしタナトスが働く事によって散らかっている事は確かではあるが、それでも家事自体は回っているのだ。

それこそ、「そこそこ」というのがミソなのである。

目を瞑《つぶ》り見ないふりが出来るレベルの散らかり具合だし、実際見ないふりをすればタナトスの努力によって助かっている面が見えてくるというのも事実。

だから、文句が言いづらい。

彼女が無能だったならば良かった。

要領はそこまで悪くなく、このまま場数を踏めば失敗も減っていく事は間違いない。

そういうのを察してしまうからこそ、彼女の意思を否定出来ずに部屋が少しずつ散らかっていくその様を見ている事しか出来ないのである。


「いつもは遊んでばかりいないで手伝いの一つくらいしろとは思っていたけど、本当に頑張り始めてしまうと反応に困ってしまうものなのね……」

「どうする、リヴィア。現状だと彼女に頑張って貰《もら》うよりは俺達だけで家事をしていった方が良いレベル、だろ？」

「それはそう。だけど何度も言うけど彼女の意思を否定するのもなんだか悪いし……」


うーん。

俺達は顔を見合わせ、それから一緒に唸《うな》った。

いっその事タナトスにはこれまで以上に頑張って貰い、家事の戦力として十分に通用出来るレベルにまで成長して貰う事を期待した方が良いのだろうか？

努力が空回りしていないから成長していくのは間違いない。

ただその天井が未知数だし、最悪途中でガス欠を起こす可能性だってあるし。
そうなってしまえば、今まで我慢して見守っていた方がバカみたいになってしまう。
だからいっその事今すぐ止めてしまうというのもアリよりの選択、ではある。
悩まし過ぎる……

「そう言えば」

と。
リヴィアがこちらの顔をジロジロ見てくる。

「そう言えばお兄さん、最近休日がちゃんと休日しているわね」
「休日は休日らしくしているのは普通だろ」
「いや、なんて言うか今までだと『やべえ、仕事で呼び出されたらどうしよう恐《こわ》い』って感じだったのに、今は結構余裕そうって言うか」
「あー、それは」

俺は後頭部をかきながら答える。

「正直、最近はもうある程度無茶《むちゃ》振りをされたり、あるいはちょっとヘマをやらかしてぐちぐち怒られたところで、本気でうんうん悩むよりも適当に場を誤魔化《ごまか》してしまう方が精神衛生的に良いって気づいて、な」

「うん」

「後はそれこそ、家事を俺一人で賄う必要がなくなった分、気持ち的にも肉体的にも余裕が出来たからだと思う」

一人で生活していた頃の事なんて今はもう思い出せない。

ただ凄く不安で寂しかったような気がする。

家に帰っても真っ暗で冷たい部屋が待っているだけで、言葉もなくご飯を補給して明日に備えるだけの日常。

辛いけど、我慢出来ない訳でもない。

真綿で首を絞められるような、そんな辛さだった。

「だから、うん。二人がいてくれて本当に助かっているんだと思う」

「なるほどね？」


リヴィアはうんうんと頷く。


「そう言ってくれると私も、そしてきっとタナトスも喜ぶと思うわ」

「とはいえ日常的に仕事で疲れているって事は間違いないし、だから面倒事に巻き込まれたりするのは変わらず嫌だけどな」

「まあ、それは普段が充実していてもしていなくても同じじゃない？　率先して面倒事に首を突っ込みたがる人なんていないでしょ」

「それはそう」


それこそ自分の意思で率先して突っ込みにいきたいと思っていたが、それはもう昔の事である。

原作崩壊とか云々《うんぬん》以上に、平凡な日常のありがたさを知った今は何よりそれが大切なのだ。

「とはいえ、最近なんだか物騒よね……それこそ、この前なんか事件に巻き込まれたみたいじゃない」

事件に巻き込まれたというのはそれこそタナトスと一緒に「センタイフェスタ」に参加した時の事を言っているのだろう。

「あの連中が何かしているって感じじゃないけど、だとしたら過激な思想の集団が他にもいるって事かしら？」

「……さあ」

レジスタンスのテロ染みた行為に関しては何とも言えない。

少なくとも原作の主人公勢がしているのではなく、レジスタンスの過激派達が勝手にやっているのだと思いたい。

「とはいえ、最近物騒なのは確かだから、危ないところには出来るだけ近づかないようにな？」

「私もタナトスも危ないところには近づかない以前にそもそも外を出歩く事が少ないのだけどね――とはいえ、事件なんていうのは危ないところで起こるのではなくむしろ日常的な場所で偶発的に起こるものじゃない？」

「言われてみればそう、か？」

「まあ、それでも物騒で危なそうなところがあるのも事実ではあるとは思うわよ？　ここら辺だと確か、開発放棄エリアとか？」

「開発放棄エリア」

「変な匂い、というか気配を感じたから遠目で見てみたけど。機械仕掛けの人形が動いてたし、それに怪しい人影が見えたような気がするし。なんにせよ近づかないのが吉よね」

「そうした方が良いだろうな」

「そう言えば」


と、そこで。

リヴィアが何かに気づいたかのように首を捻《ひね》る。

「何か、違和感ない？」

「違和感？」

「何て言うか、気づかないといけない事に気づけてないというか、覚えていないといけないものがあった事だけは覚えている気持ち悪さというか……」

「ん？」

「んー、ん？」


　そう言われてみると俺もそんな気持ちになって来て、彼女の言う通り何とも言えない気持ち悪さを感じ始める。


「なんだろ」

「なんだろうな」

「コンロの火を点《つ》けっぱなしにしてた、とか」

「流石《さすが》にそれはないと思うけど」

「まあ、三人もいれば誰かが気づ、く……」

言いかけて、止まる。

何かを思い出したというか気づいたようで、そしてそれは俺も同じ気持ちだった。

リヴィアが恐る恐る言う。


「……なんだか、静かじゃない？」

「そうだな」

「まるで私とお兄さんしかこの家にいないみたい」

「そう、だな」

「ねえ、一つ聞いて良い？」

「なんだ？」

「……タナトスの事を最後に見たの、何時？」


俺は答える。

「……何時だっけ」

思い出そうとしても全然記憶にない。

気づいたらタナトスがいなくなっていて、そして気づいたら気配がなくなっていたような気がする。

彼女自体、最近騒がしくなってはいたものの元々は静かにしてスマホを眺めながらにやにやしている時間が多いタイプだったし、それに慣れていたから彼女の気配がなくなっていても気にしなかったからなのかもしれない。


「……どこか、行ったのかしら？」

「買い物、とか？」

「買い物に行くなら一言残していきそうだけど」

「それはそう、だが」

「……仕方がないわ」


と、リヴィアが手で空中から何かを探るような仕草をする。

すると虚空から一本の水で出来たタクトが現れ、それをちょいちょいと動かしていたリヴィアはある一方をそれで指したところで沈黙する。

「どう、だった？」

「えっと」

リヴィアは自分の気持ちを落ち着かせようとするように胸に手を当て、それから事実だけを俺に報告してくる。

「どうやら、タナトスはその開発放棄エリア辺りにいるみたいね」

3

ひとまずリヴィアには家で待機して貰《もら》う事にしつつ、俺は動きやすい服に着替えて急いでタナトスがいるらしい開発放棄エリアへと走って向かう事にした。

開発放棄エリア。

懐かしい響きだったが、何より近所の中でも特に近づきたくない場所でもあった。

ゲームでは散々経験値やアイテムを回収するために喜んで足を運んだ場所でもあるけど、それは良くも悪くもゲームだったからである。

そもそも開発放棄エリアは危険区域として立ち入り禁止にされているし、一般人が侵入した事がバレたら普通に捕まる。

厳重注意で済むなら良い、罰金とか留置所にぶち込まれる羽目になったら本当に凹《へこ》む。

ていうかそういうのって俺の経歴に刻まれる事になるのだろうか？

致命的な犯罪ではない……と思うし、今後転職する際にそれが足枷《あしかせ》になる事はないだろう……と信じたい。


という訳で、絶対に発見されたりする訳にはいかない。

俺は開発放棄エリアが近づいてきた時点で周囲への警戒をマックスにし、そして五感を鋭くさせてタナトスの気配を探る事に集中する。

今の目的はタナトス。

彼女を発見し、連れ戻す事。

それ以外はどうでも良いし、後回しどころか全部無視しても良いだろう。

リヴィア曰《いわ》く、少なくともタナトスは開発放棄エリアのどこかにいる事は間違いないようだ。

だから、俺はまず魔法剣を取り出して距離を『切り』、誰にも見つからずに開発放棄エリアへと侵入する事に成功する。

ひとまず、そこで一呼吸。

開発放棄エリアは立ち入り禁止にされているが、中で侵入者が怪しい行為をしていないか警備がされている訳ではない。

ただ危険な機械人形が徘徊《はいかい》しているので侵入したら危険であり、踏み入る者がいないよう入り口を封じ、警備している。

だから一度入ってしまえばとりあえず発見される可能性は低くなるし、後は機械人形とかに警戒しておけば良い。

事実、原作のゲームでもレジスタンスの過激派メンバーがここで悪巧みをしたりしていた訳だし。

……マズい、それを思い出すと嫌な予感がして来る。

タナトス、ここで問題行動を起こしてないだろうな？

まず開発放棄エリアに侵入している事自体が問題行動であるのだが、そこに関しては目を瞑《つぶ》っておく事にする……


「……」


今のところ、静かな沈黙が空間を支配している。

爆発音もしなければ何かが砕ける音とかもしてこない。

それはつまり何かが起こる前、あるいは既に何かが起こった後である可能性を否定出来る訳ではないが、少なくとも現在進行形で何か起きているという事だけは否定出来る。

むしろ音がしてくれていた方が探しやすいとも思うのが複雑な気持ち。

あるいは、何かタナトスに関する痕跡があれば良いのだが、そういったものはどこにも残されていない訳だし……


この場にリヴィアがいれば簡単に見つかっていたかもしれないけど、ただリヴィアをこの場所に連れてきた場合のリスクを考えると待機して貰ったのは正解だと思う。

リヴィアはレジスタンスのメンバーである主人公と戦闘をした経験がある。

この場所に潜んでいる可能性があるレジスタンスの過激派メンバーと遭遇した場合、どうなるか分かったモノじゃない。

勿論《もちろん》、リヴィアは冷静で状況をフラットに判断出来るタイプではある。

更に言うと、このような表現をするのは何だが過激派メンバーとはいえ木っ端な敵キャラ程度でどうにかなるような存在ではない。

むしろ問題なのは倒してしまった後の話。

舞台上からフェードアウトした存在が現れ、自らの勢力と戦ったという事実は間違いなく後に響く事だろう。

そもそも原作からしてリヴィア、タナトスは展開的にいなくなってないとおかしいのだ。

その存在が確認されてしまった時点で確実に面倒臭い事になる……


「しかし、どこにいるんだ」


そもそもなぜこんな場所に足を運んだのか、その理由が分からない。

テンションが高いのは分かっているけど、だとしてもわざわざこんな場所に来る理由はないだろうし、理由がないならそもそも侵入する必要もないような場所である。

だとしたら、何かしら動機があってタナトスはこの場所に来たのだろう。

開発放棄エリアという場所は基本的に剝《む》き出しになった灰色の土が広がっていて、ところどころに錆《さ》びた鉄のスクラップが転がっている。

その為《ため》遮蔽物となるモノは多く、見通しはそれなりに悪い。

だから陰から突然敵性キャラである機械人形とかが現れてもおかしくない為、緊張して進んでいかなくてはならない。


「……ん」


そして、案の定と言うべきか。

前方の鉄筋が剝き出しになった謎のオブジェの陰から何者かの気配を感じた。

生き物なのか、はたまた無機物なのかも分からない。

ただ何かが動いたのは間違いない。

俺は念のために魔法剣を構え、何が飛び出てきても大丈夫なよう気を改めて引き締める。

そしてゆっくり息を潜め、最大限気配を消しながらその謎のオブジェがある方向へと進んでいき――

「ちぇすとぅ！」

野生のタナトスが飛び出してきた！

「うおっ！」

氷柱《つらら》で頭をかち割られそうになった俺は危うく魔法剣で撃退しそうになったが、すんでのところで腕を急停止させる事に成功する。

逆に普段ならばもっと余裕をもって避けられるところを全力で避けるしかなくなってしまい、頰《ほお》をかすめる氷柱の冷たさに思わず背筋に冷たいモノが走る。

「あ、っぶな」

「って、王子様!?」

「なんで、どうしてここに？」と眼《め》を丸くして尋ねてくるが、むしろそれを尋ねたいのはこちらの方だと言いたかった。

「それはこっちのセリフだ、馬鹿野郎」

いや、ていうか聞かないといけないない事だと判断したので流石《さすが》に聞いた。

「なんでこんなところにいるんだ、お前は」

「え、っと。えと、それはぁ」

何やら慌て始める彼女の姿を見、どうやら何かあったらしい事は察してしまう。

「……何か理由があるんだな？」

「それは――いえ、そのぉ。気になった事があったというかー、無視出来ないモノがあったと言うべきかー」

「……」

「その、」

すぐに誤魔化《ごまか》す事が出来ないと判断したのか、彼女は「うー」と小さく呻いた後、白状し始める。

「その、以前王子様と『センタイフェスタ』に行ったじゃないですかー」

「ん？」

「センタイフェスタ」と何か関係があるのか？

「そこで危険人物達がいた事も、覚えてますよねー？」

「……もしかして」

「はい、お察しの通りです」

彼女は頷《うなず》き、答える。

「彼等《ら》が共通して身に着けていたあのバンダナ。その特徴を持った人間がこの場所に入って消えて行ったのを見ましてー」

「そうか……」

「何か良からぬ事を企《たくら》んでいるのかって思いまして、それでー」


なる、ほど。

となると、本当に彼女がこの場所に足を踏み入れたのは偶然で。

そしてそこに悪意はなく、むしろ善意よりの意思でここに来たのか。


「……でも、無視出来ない奴《やつ》等だったとしても一度帰って来て報告して欲しかったかな」

「う、うーん」

「とはいえ、何事もなくて良かったよ。もしも何かお前の身にあったとしたら、リヴィアも黙っていないだろうし」

「……」

「……」

「…………」

……ん？

「…………………」

「おい、待て。なんだその意味深な沈黙は」

「い、いえ。別に何もなかったですよ？」

「そこで過去形を使ってくる時点で何かあったと察するんだが？」

「だ、大丈夫ですよー。確実にこちらの事を認識される前に倒しましたからー」

倒したって言っちゃってるじゃん。

「あ」

やっべって顔してるじゃん！

「……何やらかしたんだ？」

「え、えっとその……見敵必殺しましたー」

サーチアンドデストロイしてるじゃねえか!!

「必殺ってお前」

「い、いえ言葉の綾《あや》です殺してはいませんー」

「本当だろうな」

「人間には骨が二百本くらいある訳ですしー」

どういう意味だよ。

「一本くらい折れてても大丈夫かなーって」

「……」

「べ、別に悪い奴等なんだから大丈夫、ですよねー？」

いやまあ、それはそれで一理あるんだろうけどさー。

俺は溜息《ためいき》を吐く。

「……うん。まあ、とりあえず奴等に顔は見られていないんだよな？」

「それはー、はい。全員背後を取ってアサシンしましたからー」

「そうか、分かったよ」

ひとまず、最悪の事態は免れたらしい。

その事だけは良かったのだろう。

それでもまだ気を抜かないよう辺りに気を配りつつ、俺は「それじゃあ」と彼女の手を取る。

「帰ろう、ここに居続けるのは流石にまずそうだからな」

「でもー」

「でもすももももない。確かにお前が見つけたような連中がここで何かしようとしているらしい事は無視出来ないけど、それはお前が何かしなくてはならない問題じゃない」

「……分かりまし――」

と、言いかけたところでタナトスはすっと視線を鋭くさせ、それから俺の背後に向けて叫ぶ。

「誰ですかー、そこにいるのは！」

タナトスの言葉を聞き、俺もまた慌てて振り返って警戒をし始める。
彼女の怠惰な姿を良く見てきているが、それでもその本質は悪龍《あくりゅう》。
その直感は人のそれを凌駕《りょうが》していて、だからこそ彼女が人の気配を感じたというのならばそれはまず外れてはいないだろう。

果たして――

「……逃げました、か」

構えていた氷柱を下ろし、しかし視線はその先を睨《にら》んだままだった。

「……仲間、でしょうかー」
「お前が倒した連中のか？」

言葉を選びながら尋ねるが、しかし彼女は「いえー」と首を横に振る。

「何となく、気配が違いましたねー。人だけど人っぽくないというか、殺気はあるけど明後日の方向に向けられているというかー」
「殺気が明後日の方向に向けられている？」

どういう、事だろうか？

「なんか王子様に対して向けられていたような……」
「怖い事言うなよ、俺の事を殺そうとしているのは仕事だけだ」
「そ、それはそれで問題な気もしますがー」

首を捻《ひね》ってそこにいた『何か』の事を考えているらしいタナトスだったが、しかしすぐに諦めたようで「ま、良いですー」と今度こそ氷柱《つらら》を手放すのだった。

「何となくもやもやが残りますが、とりあえずは帰り……」

「ん、どうかしたのか？」

「……いや、その。リヴィアのあれやこれやを思うとー」

「そこはうん、怒られろ」

「ぐう」

タナトスは渋々、だけどちゃんと俺の言葉を理解してくれたようで素直に頷《うなず》いてくれる。

その事に感謝しつつ、俺は魔法剣を振って距離を『切る』。

そしてすぐに家へと辿《たど》り着いた俺達を出迎えてくれたリヴィアは、ただ一言「おかえり」とだけ言うのだった。

「そ、そのー」

「なによ」

「お、怒ってません？」

「……お兄さんから怒られたでしょうし、ならば私は何も」

ただ、人差し指でタナトスの額を「つん」と突いたリヴィア。

それから怒り顔を解いた彼女は「それじゃあ、ご飯を食べましょう」とリビングの方へと歩いていく。


「うーん」

「まあ、リヴィアも心配していただろうし改めて謝罪はしておけよ？」

「……はぁい」


こくりと頷いたタナトスはゆっくりとした足取りでリヴィアを追うようにリビングへと向かう。

一人残された俺は、それでもやはり心配を拭い去る事が出来ないでいた。

タナトスの言葉が本当ならばレジスタンスの者には目撃されていない。

ただ、何者かがそこにいた。

それはどうやら俺に対して殺意を向けていたようで、しかしすぐに逃げて行った。
一体、何者なのだろうか？
考えられる可能性とすれば——

「名もなき一般お祈り民、とか？」

つまり俺が勤めている会社に就職出来なかった人。
いやでもブラック企業に勤める事にならなかったのは良い事なのでは？
……なんて。

いやマジで何だったんだ視線の主は。

5　追いかけてくる過去

1

「面倒だー」

そのように思わず呟《つぶや》いてしまうほどにセブンは現状に対して辟易《へきえき》していた。

逃げ出してしまいたいほどの面倒事。

しかしそれは自分が招いた事、あるいは見て見ぬふりをしていたからこそ起きてしまった事であるとは思うので、だからこそこれ以上無視し続ける事は出来ない。

「しかし、だからといってもわたくしにだって最低限の善悪を見極める義務はあるわよ」

現状、レジスタンス内に蔓延《まんえん》している不満の数々。

具体的に言うと、そう。

悪龍の討伐に失敗してから計画の大半を一時的に凍結させ、進行出来る計画に関してもすべて慎重に進める事を求めた。

本来起きてはならない計画の失敗、それが起きてしまったからこその措置であり、状況の把握が終わり次第、再び計画を一から進行していく事は伝えていたつもりだった。

しかしながら、これは感情の問題だ。

レジスタンスのメンバーが持つ、ぶつけ先のない怒り、憤り。

それが今、爆発寸前にまで来ている。

そしてまずそれらの矛先になるのは――セブン。

彼等曰《らいわ》く「不甲斐《ふがい》ないリーダー」。

あるいは「リーダー失格」だろうか？

なんにしても……今、セブンはレジスタンス内の至る所から非難の声を浴びせられている。

「メンバーの安全を第一にしている以上、無茶《むちゃ》な事は出来ないと口が酸っぱくなるほど繰り返しているつもりなのだけれども、ね」


頭を抱えたくなる。

このままだと、それこそ不満爆発からの反乱、内ゲバ、闇討ちからのリーダー交代なんて事もあり得る。

レジスタンスのメンバーの何人かは計画の成功なんかよりも感情の発散の方が大切と考えている。

それらを受け入れた時からこのような状況は遅かれ早かれやって来た事だろう。

そんな事は覚悟していたが、まさかこんなにも早く訪れる事になるとは。

「やっぱり悪龍の討伐を失敗した時から間違いなくすべてが狂い始めたわよねー」

と、そんな事を言ったところで何かが変わる訳でもない。

そんな事は分かっているし、ぐちぐちぼやいていたところで意味なんかない。

行動に移るべきだ、現状を変えたいのならば。

しかし、それこそこれもまた感情の問題。

計画の失敗、凍結、遅延。

それに対して少なからずセブンだってイライラしているし、このぶつけ先のない怒りを発散したいと思っているのだ。


「ていうか、暴走して天誅《てんちゅう》が下った連中の事は流石《さすが》にわたくしの管轄外よ」


過激派の連中が自分の知らないところで何かしているらしい事は把握している。

それで暴走し、警察機関に締め上げられたり、あるいは普通に捕まったりしたところでセブン的には「いや、それは自分達の責任じゃないの？」としか言いようがない。

最近、開発放棄エリアで起きた、そういう連中に対しての謎の襲撃に関しては追及するべきだとは思うけど、それはさておくとして。


問題はまだある。

例の、男。

父親の仇《かたき》。

それは今、自分の命を狙っているらしい。

その対処もしなくてはいけないが、厄介なのはそれが「レジスタンスに対する攻撃」ではなくあくまで「セブンへの攻撃」である事だ。

個人に対する攻撃意思である以上、レジスタンスの戦力を動かして自衛する事は出来ないのだ。

そんな事を今したら、本当にレジスタンスが空中分解する可能性がある。

「……」

数年前。

父親が自分を残してこの世から去ったあの日。

それらすべてが【十三階段】の手によるものだという事は分かっている。

しかし、何故《なぜ》自分は生き残ったのか。

どうして父親は殺され自分は生き残ってしまったのか。

その理由は今もなお分からない。

見逃されたのかもしれないし、そうでないかもしれない。

重要なのはそこではなく、そして今もなお胸の中で燃えている炎もあくまでただの活力でしかない。

動機だったかもしれないが、多数の命の責任を取らされてしまった今ではそれだけの理由で無茶は出来ない。

勝ち馬に乗らなくてはならない。

勝者として歴史を作る側に立たなくてはならない。

だから――すべての想定外を排除しなくてはならない。

しかし世界は自分が考えるよりも複雑怪奇で、予想外な事ばかりが起きる。


「……人工知能にすべて丸投げしたいって気持ちは」


あるけれど。

父親が遺《のこ》した、思い出のプログラム。

人工知能。

心がなく、ただただ最適解を出力するそれの方が結果的にすべてうまくいくというのは割とあり得る話だ。

むしろ、それが真ならば迷いなく丸投げするべきだろう。

「だから」

結局は、それこそ感情の問題に帰結する。

即《すなわ》ち——

「駄目ね、やっぱり少し気分転換が必要なのかしら」

あまりにもマイナス思考が過ぎると思ったセブンはひとまず立ち上げていたパソコンの電源を落とし、それから顔を上げて。

「……！」

そこには。

知らない人影。

それでも、面影はあった。

死の記憶がそこにはあった。

2

「ぐぇ」

身体が浮き上がるのを感じる。
襟首を摑まれ強引に身体を持ちあげられたセブンはそのように呻《うめ》くしかなかった。
ぶらんぶらんと身体が揺れ、呼吸が乱れる。
しかしセブンはキッとその「襲撃者」を睨《にら》みつけ、何とか言葉を紡ごうとした。

「あ、んた……！」

忘れる筈《はず》もない、その人物。

あの日、父親を殺した、殺人者――

「……っ」

身体のばねを使って身体を捻《ひね》り、筋肉を強引に動かして「襲撃者」の脇腹に蹴りを入れる。

想定していた最低限の威力すら出ていない弱々しいそれだったが、しかし何故か「襲撃者」はセブンの襟首を摑《つか》む手を開き、その結果セブンは地面の上にぐしゃりと落下する事となる。

「！」

咳《せ》き込む余裕はない。

自らが放ったモノとは比較にならないほどの威力が籠《こ》められた鋭い蹴り。

それを辛うじて避けた彼女は隙をついて攻撃――なんて無謀な事はせずにそのまま部屋の外に向かって走り出した。

暗いオフィスビルの廊下、エレベーターは使わず外の非常階段を落ちるように駆け降りる。

背後に気配が迫って来るのを感じたが、何故かそれは「そこ」から先に近づいては来ず、一定の距離を保ったままじっとりと追いかけてきているみたいだった。

これは、とセブンは歯噛《はが》みする。

どうやら「襲撃者」はセブンの事をすぐに「狩る」事が出来る存在として認識していて、かつその「狩り」を楽しもうという算段らしい。

あるいは――


（いたぶるつもり？　良い趣味してるわね）

そして同時にそれは少しだけ彼女にとっては意外に感じるものでもあった。

それこそ――父親の時はあんなにもあっさりとしていたからだ。

情け容赦なく、無感情に父親を殺した「襲撃者」が何故か自分に対しては憎悪に近い感情を向けてくる。

意味が分からない。

（油断しているならば、それで良いのだけど）

いたぶろうという余裕を感じてくれているのならば、そこが攻略の鍵となる。

打開の糸口はきっと、ここだ。


「くっ」


とはいえ、自力で何とか出来る問題ではない事は明白だったし、だからセブンはオフィスビルから出て狭い路地裏に入った瞬間に走りながらスマホを操作する。

一斉送信。

空メッセージ。

それを同時に、何通も。

助けを求める為《ため》、悠長に文言を考える余裕はない。

それでも空メッセージが何度も送られてくれば、何かしらあったのだろうかと考えてくれる、筈。


「ふっ！」


ちょうど拾い上げやすい位置に放置されていたジュース缶。

それを手に持ち、気配のある方向に投げつける。

振り返る余裕はないので当てずっぽうだった。

兎《と》に角《かく》時間を稼げれば良い。


かこん。

それが「襲撃者」に直撃した音なのか、はたまた普通に外れて地面に落ちた音なのかは分からない。

今は逃げる事を最優先にし、「襲撃者」からひたすら距離を取る——

「う、う……っ」


雷鳴のような爆音と、自分の身体が倒れたのと、足に走る激痛。

どれが一番早く訪れたのかは分からない。

気づけばセブンは地面の上を転がっていて、そしてどうやら自分は足を撃ち抜かれたらしい事を感覚で理解した。

コツコツという足音を聞く。

フラフラと立ち上がり、逃げるのを再開する。

……まだ、追いつかれない。

追いつこうとしない。

追いつけないなんて事がある筈ない。


「こ、この——」

「ぶべらっ！」

……

「……ん？」

なんか、背後からコメディチックな悲鳴が聞こえて来たような――？

3

なんか、リゲルさんから空のメッセージを貰《もら》った。

いきなり何通も内容のないそれが送られてきたから何かしら起きたのではないかと心配になった俺は、あまりこういう事はするべきじゃないなーと思いつつ魔法剣を振る。

「距離を『分かつ』」

リゲルさんと俺との距離を『切り』、彼女がいるであろう場所へと飛ぶ——つもりだったのだが、何故《なぜ》か目の前にいたのは不審者だった。

「え」

不審者？

無精ひげがぼうぼうで白髪交じりの髪はぼさぼさ。

歩行者として道を歩いていたら因縁を付けられないようにさりげなく距離を取りたくなるような、あからさまに不審者チックな男だった。

そしてそれは白い煙を吐き出しているピストルを手に持ち、イヤらしい笑みを浮かべていた。

おまけに地面には血痕が飛び散っており、それは俺の背後に向かって続いている。

ん、んー。

……んー。

とりあえず、犯罪臭がするので殴ってから考えるか。

「ぶべらっ！」

気持ち的には割と本気でぶん殴ったつもりだった。

事実、犯罪臭満載なヤバめの男は気持ちが良い程に吹き飛んでいき、しかしそれは自分から勢いを殺すつもりでされるがままになったらしく、実際すぐにダメージを感じさせない様子で立ち上がって来る。

目が爛々《らんらん》と輝いていて明らかにヤバそうだったが、しかし今はリゲルさんの安否を確認する方が先――

「き、きき、き！」

なんかテンション爆上げしているんですが。

「貴様ァ！」

どうやら俺の事をロックオンしてきたらしい。

「てめえさえいなければァ!!!!」


何の事だよ。

意味は分からないけど俺に対して負の方向で熱烈な感情を抱いている事だけは目に見えているのでひたすらに気色が悪かった。

身に覚えのない、全く知らない人物から一方的に知られているというのは不気味だし、更に言うと真っすぐこちらに突っ込んできて懐から取り出した真っ黒なナイフ——真っ黒なナイフ？

なんか見た事があるような気がするけど、いやでもここまで特徴的な奴《やつ》ならば覚えていない方がおかしいし。

いわゆるデジャヴって奴だろう、うん。

ていうか今はそれより迫りくるナイフの切っ先の方が問題だ。

「よっ」
「ぶはっっっっ」

とりあえず猪突猛進《ちょとつもうしん》に突っ込んでくるのでタイミングを見てキックを食らわせる。

ごろごろと地面の上を転がった後、ぴくぴく痙攣《けいれん》するその姿を見て薄気味悪さを感じたが、とにもかくにもまずはリゲルさんだと思い出して地面に残る血痕の後を追いかけてみる事にした。

「あ、貴方《あなた》……」

と、嫌な予感が的中したと言うべきか。

どうやら先ほどの男の目的はリゲルさんだったようで、そして男が手に持っていたピストルの銃口が向けられていたのもリゲルさんだったらしい。

足から少なくない量の血を流しながらもリゲルさんは驚いた表情を浮かべている。

「ど、どうしてここに？」

「いや、えっと。メッセージを見て？」

「……あ、ああ。そう言えば」

なるほど、と納得した様子。


「とりあえず」

「え、ええ」

「警察に通報しよう」

危険な人物に襲われましたって言えばすぐに駆け付けてくれるだろう。

一般市民の足が撃たれた事も報告しておくべきかな、明らかに治療が必要そうだし——

「ま、待って！　つ、通報だけはちょっと待って！」

「え、ん？」

なんでリゲルさんがいきなり慌て始めているの？

「イヤでも明らかに犯罪者」

「う。い、いや」

「？」

「そ、それよりも、ルクスさんはどうしてここに？」

「どうしてって……何かあったっぽいから来たとしか言いようがないけど」

さっきも言った通り。

しかしながら彼女はその答えに満足出来なかったようだ。

「だ、誰かから指示を受けたのかしら？」

もしかしてこれ、危ない目にあった後だから俺に対しても疑いの目を向けているって事？

「いや、その前にまずは応急処置が先だな――ちょっと失礼」

彼女の傷口を見て――ああ、どうやら銃弾は貫通しているみたいだ。

おまけにど真ん中を通り抜けた訳ではなくむしろ外側を舐《な》めるように通り抜けて行った感じ。

骨も傷つけていないみたいだし、これなら回復も早そうだ。

動脈が裂けてだくだく出血している訳でもないみたいだし、銃創にしては軽傷なのかもしれない。

俺はもう一度「失礼」と断ってから持って来ていたハンカチを傷口に当て、押し込む。

それからもう一枚のハンカチを取り出してぎゅっと血管を締め付けるほどきつく縛りつける。

「とりあえず、応急処置はこれでおしまいだけど。すぐに病院へと向かうべき――」

「ルクスさんっ」

俺の言葉を遮るように彼女が叫び。

そしてリゲルさんの視線が俺の背後に向けられているらしい事を察し、嫌な予感がした。

振り返りたくない、しかしすぐに振り返らなくてはならない。

……殺気。

背中に浴びせられるそれを感じながら、俺は恐る恐る後ろへと向き直って――


「貴様ぁ……！」

なんか完全に俺の事を敵として認識しているみたいですね。

4

アンプルに入ったヤバい色のお薬をお飲みになった。

……ように見えたが、しかし次の瞬間その肉体がダルマのように膨れ上がったのを見るとヤバいどころか絶対に飲んじゃいけないタイプのお薬を経口摂取しちゃったのではないかと他人事のように思った。

問題なのは、明らかに正気を失っているように見えるのにもかかわらず、相変わらず俺に対する殺意に関しては全く衰えていないって事だろうか？

血管が浮き出た丸太のように太い漆黒の大腕を振り上げ、それを俺に対して真っすぐ振り下ろしてくる。

これは——と、俺は魔法剣で受け止めるのではなくリゲルさんを抱きかかえて避ける事を選択。

結果から見ると、もしかしたら魔法で分散するのが正解だったかもしれなかった。


ズンッッッッ!!!!

直撃した地面は抉《えぐ》れ、歪《ゆが》み、大穴が空いた。

うえ、凄《すご》い威力。

同時に、生半可な防御手段だとそれごと潰されるだろうなとも思った俺はリゲルさんを抱きかかえたまま更に出来るだけ距離を取る事を選択する。

今やアクション映画に登場する化け物ゴリラみたいな見た目になっちゃっている不審者。逃げると多分、被害が拡大する。

ていうか、多分あれはもう俺の事を殺すという意思しか残っていないように見える。大暴れする事によって引き起こされる事なんて些事《さじ》、というよりも眼中にないって感じだ。

何より——

あれは、原作に関係ないタイプの敵キャラだな、さては。

【十三階段】とも。

レジスタンスとも。

主人公とも。


俺と同じような、物語に登場しないネオンシティの住人。

ならば、遠慮なしに戦える。

「すぐに終わらせようか」


俺はリゲルさんを下ろし、それから魔法剣を構えて化け物を見据える。

こちらに対してそのまま突っ込んで来ようとしている。

体勢を整えようとする理性すら残っていないようで、だからバランスを崩してふらふらとしている。

ならば——

「――空を『堕《お》とす』」

その一撃は、『斬る』事だけを考えた純粋なる暴力。
ただただ目の前のモノを屠《ほふ》る事だけに力を注いだだけの一撃。
そして……果たして。
空間ごと引き裂かれた化け物は、そのまま塵《ちり》となって霧散する。
残されたのは破壊痕と、俺と、そしてリゲルさん。

「ふう」

ひとまずは一難去ったと見るべきか。

俺は振り返り、倒れたままにしていたリゲルさんを見て改めて言う。

「とりあえず」

「う、うん？」

「病院に行こう」

エピローグ　後始末

1

「ぐおー」

タナトスが意味もなく唸《うな》る事は今日に限った話ではないが、今回に限ってはちゃんと理由がある唸り声だった。

「なんか、調子悪いー」

「しっかりしなさいな、別に元気出せって言っているんじゃなくて、せめて背筋を伸ばしなさいって言っているの」

そのようにリヴィアはタナトスを窘《たしな》めているが、内心では目の前で伸びている彼女がどうしてそのような状態になっているのかをしっかり理解していた。

理由はただ一つ。

漬け物である。

漬けこんでいた闇の魔力たっぷりな漬け物の消費速度が、タナトスが食べる事によって加速。

予想よりも早い段階で底をつく事となり、そしてその結果。

「うなー」

闇の魔力の供給がなくなったタナトスは、元気の源を失ってしまったのである。

むしろ今の堕落状態の方が普通とも言えるが、しかし元気一杯にはしゃぐ姿に慣れてきていたところだったので、ソファの上でだらんと脱力しているタナトスの姿を見るとリヴィアは「なんだかなー」と思ってしまう。

元気にしていたら五月蠅《うるさ》いし、だらだらしているのもなんか嫌。

複雑な心境だった。

「もう、気分転換に散歩でもしてきたら？」

「うー……そう言えば、王子様なんか帰って来ませんねー。今日って一応休日って言ってませんでしたかー？」

「あー、それなんだけど」

リヴィアは今日の朝、ルクス本人から告げられた事を説明する。

「なんか、警察機関のお世話になっているみたいね」

「……なんで？」

2

なんかリゲルさん、病院から逃げ出したらしい。

「は？」

それをどうして俺が知っているのかというと、普通に取り調べを受けたからである。

「いや、俺は本当に何も知らないというか巻き込まれただけというか」

何度も確認されたというか忘れた頃に前にされた質問を繰り返され続けたと言うべきか。

最終的に俺が解放されたのは一日が終わりそうになった頃だった。

長い時間、同じ場所に拘束される事自体は慣れていたつもりだったが、疑いの目を向けられぽろっと変な事を言わないように気をつけ続けるというのはかなり精神的に辛いモノがあった。

端的に言うと、メッチャ疲れた。

気持ち的にはもう夕食も抜きにベッドに倒れ込みたい気分だった。

今回の唯一の収穫と言えば、この世界では取り調べ中昼ご飯に無料でカツ丼が提供されるって事を知れた事だろうか？

前世だとカツ丼は有料だったらしいからね……


「いや、マジでなんだったんだ」


リゲルさんが失踪した理由も分からないが、あの化け物に変身した謎の人物に関しても疑問は残る。

よくよく考えてみるとあの謎の人物はゲーム本編には登場しなかったが、明らかに非常識な範疇《はんちゅう》の、それこそ裏社会で流通していそうなお薬を服用して変身した訳だから、間違いなく【十三階段】との繋《つな》がりがありそうだった。

繋がりはなくとも、【十三階段】由来の劇薬を使用した事は間違いない。

恐ろし過ぎる、【十三階段】。

あんなちょっとしかないお薬を飲んだだけで化け物に変身してしまうなんて、この世界がファンタジー寄りな世界観である事を加味してもヤバいと思ってしまう。

それこそ異常な勢いで疲労がぽんと消えていくエリクサーという前例があるのだから、【十三階段】が本気を出せばあのような劇薬が出来上がる事は容易に想像がつく。

改めて、思う。

絶対に原作に関わらないようにしよう。

小説の転生主人公みたいに原作介入してもなおピンピン生き続けられる筈《はず》がない。

絶対どこかしらでやらかしてその責任を負う事になる。

最悪、二度目の死を経験する事になる——だけでは済まされないかもしれない。

なまじ、原作でも実験体として利用されていたタナトスという存在がいる事や、それこそあんな化け物を瞬時に生み出すお薬を見た後なのだ。

最悪生きたまま実験体みたいにされる、なんて。


「絶対にイヤだ……」


俺はただの一般人。

ちょっと人より特殊な力が扱えるってだけで、それ以外は極々普通の人間なのだ。

主人公補正は勿論《もちろん》ない、だって主人公は俺ではない。

何より、この世界の主人公はケビン——ただ一人なのだ。

「頼むから、俺の為《ため》にも世界を平和にしてくれー……」

まさか心の底から世界平和を祈る日がやって来るとは思ってもみなかった。
なんだかんだ言いつつも俺は小心者。
平々凡々な刺激の少ない日常に辟易《へきえき》する事はあっても、それでもやはりその生活が気に入っているって事だ。

なんにしても、今は帰ろう。
肉体的というより精神的に疲れている。
気持ちの安らぎを心の底から求めているし、ただただひたすらに平穏だけが望みである。

「……その」

なんかリゲルさんがポップした。

「え」

「いや、えっと。そんなあからさまに絶望的な表情を浮かべられると結構傷つくのだけど」

「絶望っていうか普通に驚いているんだけど……」


俺は空を見上げる。

斜陽は消え去り夜が訪れつつある、そんな時刻。

マズい、なんかドラマティックな何かが起きそうな予感。


「えっと、もしかして長くなる話とかするご予定は……？」

「もしかして、何か用があったりするのかしら」

「これから休む予定があったんだけど」

「あー……じゃあ、用件だけ伝えて今日は帰るわね」


少し残念そうにしつつ、しかしすぐに笑顔になった彼女は言う。

「ありがとう、正直言ってあの場所でわたくしは死ぬものだと思っていたわ」

死ぬ。

非日常的な日常の延長線上にあるモノ。

それを直接的に告げられた俺は何と反応して良いか分からなくなる。

どうやら俺は彼女に訪れる筈だったそれを退けたみたいだが、しかし俺からすれば半分くらい偶然みたいなものだったので、だからそんな風に感謝されても反応に困ってしまう。

「そこにどのような意図があったとしても、わたくしは今もなお生きている。それは否定出来ない事実ですもの」

「意図、というかむしろ意図なんてないから反応に困る」

「……え？」

「いや。だってあんなメッセージが送られてきたら誰だって気になるし、何かあったって思うだろ？　知り合いの身に何かあったのかと思うし」

「知り合い」

「他人じゃないからな、一応。なんだかんだでリゲルさんとは何度かこうして会って、それで短くない時間を過ごした訳だし。だから、そんなリゲルさんの身に何かあったら、普通に後味が悪い」

あるいは、すっきりしない。

そんな俺の言葉に対し、彼女は「ふーん」と意図の読めない相槌《あいづち》を打ってくる。

「すっきりしない、ね」

「申し訳ないけど、俺としては本当にそんな気持ちなんだ」

「ああ、いえ。別にその事に対して何か思っている訳ではないわ。それこそ今回、わたくしは偶然とはいえ貴方《あなた》を巻き込んでしまったって事だから――ごめんなさい」

「え、いや。うん……まあ、でも俺だって最終的には自分の意思であの場所に行った訳だから、えっと。そんな風に頭を下げられても」

深く頭を下げてくる彼女に俺は慌てて「そ、そんな風にするのは止めてくれ」と頼み込む。

しかし顔を上げたリゲルさんはどこかおかしそうに笑っていて、どうやら頭を下げたのは彼女なりの冗談である事が分かった。

「そうね――ふふ。頭なんか下げられても困るわよね」

「そういう冗談はマジで止めてくれ、俺は真面目に謝られる事とか好きじゃないんだ……」

「そう？　だったら、えっと。ちょっと前屈《まえかが》みになってくれるかしら？」

「前屈み？」

「中腰でも良いけど」

「……？」


良く分からないけど、俺はとりあえず彼女の言った通り前屈みになる。

ちょうど、俺の顔と彼女の顔が近づく形になり、整った顔面がキス出来てしまいそうなほどの距離にある事に思わず照れてしまう。


「……」

「――」

「……!!!!」

なんか。

頬《ほお》に。

柔らかい。

感触が。


「！」

「こういうお礼は、どうかしら？」

照れくさそうにはにかんだ彼女は、それこそ照れ隠しのように踵《きびす》を返し、距離を取る。

それから背中を向けたまま告げて来た。

「わたくしの名前は、セブン・クラウン」


え。

「これからも、宜《よろ》しくお願いするわね？」

それからどこかへと去っていこうとする彼女の背中を見、俺はどうしても思わざるを得なかった。

え、何で貴方今も生きているんですか？

ていうか、えっと。

貴方、セブン・クラウンって名前が本名だったんすね。

どうして分からなかったのかって言うと、そりゃあもう一番の理由に関しては分かり切っている。

ゲーム本編でも違う媒体でも一切キャラクターデザインが発表されていなかったからであろう。

「え、えっと！」

困惑する俺の漏らした声が聞こえたらしい。

立ち止まり、振り返ったリゲルさん——いや、セブンか。

セブンさんは「どうかしたかしら？」と悪戯《いたずら》げに微笑《ほほえ》み、「たったった」と軽い足取りで戻って来る。

少女のような足取りだった。


「その様子だと、わたくしの名前に何か心当たりがあるのかしら？」

「……」


やっべ。


「ま、貴方のその意味ありげな点に関しては、今は何も深掘りしないでおく事にするわよ」

「そ——れは助かるけど」

「だから、今度出会った時は」

わたくしの番だから。

その言葉の真意が分からず、俺は「……え？」と間抜けな声を上げてしまう。

それでまた彼女はくすくすと笑い、「約束したでしょ？」と記憶にない約束の話をされる。

「今度は、わたくしの買い物に付き合うって、言ったじゃない」

「あ、あー」

そう言えばそんな事も話していましたね。

昔と言えるほど昔ではないけど、この短期間でいろいろな事があって忘れていた。

「買い物に付き合う、か」

「そう。だからデートの計画が出来たら連絡をくれると嬉《うれ》しいわ。喜んで日程を調整するから」

「う、うーん。まあ、後ろ向きに善処する……」

そもそも。

そう、リヴィアの言葉を借りるのならば「休日がちゃんと休日している」のはリヴィアとタナトスが家事を手伝ってくれている事によって生活に余裕が生まれたというのもあるが、無茶《むちゃ》振りされたりとか、それこそ休日に突然お呼び出しを食らって休みを潰されるって事がなかったからである。

刹那的に遊びに行ったりする事は出来る。

デートをしたいというのならばかなり先にある休日を確実のモノとするべく職場内で立ち回らないといけないだろう。

いや、それ以前に。

「……」

原作キャラ、主人公サイドの登場人物と相まみえる事が出来た訳だが。

……より正確に言うのならば、セブンという少女は本来過去に死んでいて、代わりに彼女の父親が遺《のこ》した人工知能『セブン』こそが原作キャラであり、だから彼女は厳密には原作キャラとは呼べないのかもしれない。

ただ、違和感を振り返ってみると、今なら分かる。

目の前の彼女は、レジスタンスに何らかの関わりを持っている。

原作のようにレジスタンスのリーダーなのか、単純にメンバーなだけなのか、はたまたただの関係者止まりなのか。

どちらにせよ——


「俺は」

「ええ」

「危ない事は、したくない」


俺の気持ちが籠ったその言葉を耳にした彼女はすっと目を細め、それから「ありがとう」と感謝の言葉を口にする。


「素直な感情を吐露してくれて」

「いや、申し訳ないとは思っているよ」

「どうやら貴方《あなた》はわたくしと、そしてわたくしに関係する彼等《ら》の事を少なからず知っているみたいなのは分かっている。その上で、わたくしとの関わりを持ちたくないというのは、ええ──」

口を開き、また閉じる。
何かを言いかけたが、どうやら飲み込み自分の中で消化したみたいだった。
それから彼女は無言で再び背中を見せ、一歩だけ俺から距離を取る。

「でも、わたくしは。偶然だとしてもわたくしと貴方との出会いがあった事を、感謝したいわ」
「そう、だな」

俺は、うん。
原作に関わりたくないいし、原作は壊したくない。
原作キャラに出会ってしまった事は失敗なんだと思う。
だけど。

「俺も、セブンさん。貴方と買い物をしたのはとても楽しかった。だから」

「――、ええ」

セブンさんはこちらを見ない。

ゆっくりとした足取りで帰路につきつつ、ただ言葉だけを最後に残した。

「また――縁があったら会いましょう？」


彼女が去り、そして沈黙が訪れる。

残された俺は「セブンさん、リアルは良い人だったなー」とか「ロリ系だったかー」とか現実逃避をする。

しかしそうもしていられない。

彼女が生きているのは仕方がない。

だって彼女は生きているのだし、それに推しが生きているのは良い事だ。

良い事なのだから、「良かった」と喜ぶべきだろう、うん。

この後、原作がどうなってしまうのかについては考えないようにしておく。
ま、まあセブンという人物はあくまでオペレーター役。
実際に現地に赴いて何かするキャラクターではない。
だから。

「……帰ろ」

これ以上うじうじ考えていても仕方がないので、帰る事にする。
そう思って、俯《うつむ》いていた俺は顔を上げて前を見る。

「王子様ー……」

なんか、悪龍《あくりゅう》がいた。

「え」

「さっきの女、なんですかー」

「え、いや……何時《いつ》からいたんすか？」

「何か自分に心当たりがあるんじゃないのーって聞かれていた時ですー」


あっぶねー、そこだったか！

もう少し前だったらいろいろと見られていたぜ!!


「……何か、あったんですかー？」

「い、いや。あの人はただの知り合いだから、特に何かある訳ではない」

「ふぅん？」


不機嫌そうな表情で近づいてきた彼女は、それから「ちょっと、屈《かが》んでくださいー」と圧を掛けてくる。


「ど、どうして？」

「殴ってあげます」

「それを言われて屈む奴《やつ》がどこにいる」
「嘘《うそ》ですー、良い子良い子してあげますー」
「……それはそれで嫌だけどな」

俺は渋々頭を下げて。

唇に、柔らかい感触。

「！！！！！」
「んー」

タナトスは少しだけ不機嫌そうな表情を和らげ、それからくるっと後ろを向く。

「じゃあ、帰りましょうかー」

「いや、おま……まさか」

「何も見てませんよー、早く帰りましょうー」

さっさと歩き始めるタナトス。

俺はその背中を慌てて追いかけるのだった。

あとがき

基本的にクリエイター……ものを作る人間というのは何かしら他の創作物の影響を受けているものだと思っていて、というのはものを作りたいという感情はまず憧れから始まると考えているからです。

イラストだったり小説だったりと誰かの創作物に触れ、感動し、そして自分も「こんなものを作りたい」と考えるようになる。

あるいは創作物自体にはそこまで興味はなくて、その創作物に対しての称賛を羨ましいと思い、「自分もあんな風になりたい」と考える人もいるかもしれません。

自分はどちらかというと前者だと考えていますが——もしかすると後者なところもあるかもしれません。

なんにしても、創作というのは誰かからの影響を受けて始まるものだ、とそのように自分は考えています。

自分が初めて読んだ小説はというと、もう昔の事なので忘れてしまいましたが——小学校の教科書で読んだ物語文が最初なのは間違いないですね――最も印象に残っているのは、ネーミングセンスが独特な方が書いたミステリーでした。

まあ、その小説がミステリー小説だったのはシリーズを通して初期の頃だけだったと作家様自らが語っているのですが、それはさておき。

それまでの自分の読書というのは娯楽ですらなくただ時間を潰すだけの手段であったと記憶しています。

しかしその一冊の本、そしてそれから続くシリーズを知った時から自分は読書を『娯楽』として認識するようになり、また、小説を書くという事に憧れを持つようになりました。

こんな話を作ってみたい、読んでみたい。

そして自分が作った小説を読んでもらいたいと思うようになっていました。

人間というのは欲深いもので、小説を書いたらそれを読んでもらい喜んでもらいたいと考えてしまう。

喜んでもらいたいと言いつつもそれはあくまで喜ぶ姿を見て満足感を得たいという自己中心的な欲求だとは思います。

その欲はどんどんと膨れ上がり、そしてそれを満たす為《ため》には人一人の力では実現不可能なものになったと思います。

事実、この作品を作り上げるにあたり、沢山の人による協力があったのですから。

素敵なイラストを描いてくださった絵師様を始め、本当に沢山の人です。

何より、この作品が「誰かに読んでもらいたい、楽しんでもらいたい」という欲求から始まっている以上、読者である貴方様《あなたさま》もまた大切な「協力者」であると、自分は認識しています。

小説は誰かに読んでもらって初めて完成する。

ただ、まずはこの作品が沢山の「協力者」様にとって楽しいものであって欲しいと、願っています。

そして、その楽しいと思った方が次に「自分も小説を書いてみたい」と思って下さったのならば、これほど嬉《うれ》しい事はないでしょう。

自分から続き、新しい創作が生み出される事。

そんな素敵な未来が訪れる事を、祈っています。

物語《ものがたり》に一切関係《いっさいかんけい》ないタイプの強《きょう》キャラに転生《てんせい》しました2

著	音々《ねおん》

角川スニーカー文庫　24119

2024年4月1日　初版発行

発行者	山下直久
発　行	株式会社KADOKAWA 〒102-8177 東京都千代田区富士見2-13-3 電話　0570-002-301（ナビダイヤル）
印刷所	株式会社暁印刷
製本所	本間製本株式会社

◇◇◇

Printed in Japan　ISBN 978-4-04-114779-5　C0193

★ご意見、ご感想をお送りください★
〒102-8177 東京都千代田区富士見 2-13-3
株式会社KADOKAWA　角川スニーカー文庫編集部気付
「音々」先生「Genyaky」先生

角川文庫発刊に際して

角　川　源　義

第二次世界大戦の敗北は、軍事力の敗北であった以上に、私たちの若い文化力の敗退であった。私たちの文化が戦争に対して如何に無力であり、単なるあだ花に過ぎなかったかを、私たちは身を以て体験し痛感した。西洋近代文化の摂取にとって、明治以後八十年の歳月は決して短かすぎたとは言えない。にもかかわらず、近代文化の伝統を確立し、自由な批判と柔軟な良識に富む文化層として自らを形成することに私たちは失敗して来た。そしてこれは、各層への文化の普及滲透を任務とする出版人の責任でもあった。

一九四五年以来、私たちは再び振出しに戻り、第一歩から踏み出すことを余儀なくされた。これは大きな不幸ではあるが、反面、これまでの混沌・未熟・歪曲の中にあった我が国の文化に秩序と確たる基礎を齎らすためには絶好の機会でもある。角川書店は、このような祖国の文化的危機にあたり、微力をも顧みず再建の礎石たるべき抱負と決意とをもって出発したが、ここに創立以来の念願を果すべく角川文庫を発刊する。これまで刊行されたあらゆる全集叢書文庫類の長所と短所とを検討し、古今東西の不朽の典籍を、良心的編集のもとに、廉価に、そして書架にふさわしい美本として、多くのひとびとに提供しようとする。しかし私たちは徒らに百科全書的な知識のジレッタントを作ることを目的とせず、あくまで祖国の文化に秩序と再建への道を示し、この文庫を角川書店の栄ある事業として、今後永久に継続発展せしめ、学芸と教養との殿堂として大成せんことを期したい。多くの読書子の愛情ある忠言と支持とによって、この希望と抱負とを完遂せしめられんことを願う。

一九四九年五月三日

時々ボソッと
ロシア語でデレる
隣のアーリャさん
Милашка❤
燦々SUN
イラスト ももこ
story by sun sun san
illustration by momoco
ただし、彼女は俺が
ロシア語わかる
ことを知らない。
特設サイトは
▼こちら!▼
スニーカー文庫

「私は脇役だからさ」と言って笑う
そんなキミが1番かわいい。
クラスで2番目に可愛い女の子と友だちになった
たかた
[イラスト]日向あずり
第6回
カクヨムWeb小説コンテスト
特別賞
ラブコメ部門
『クラスで2番目に可愛い』と噂の朝凪さん。No.1人気の天海さんにも頼られるしっかり者の彼女は……金曜日の放課後だけ、俺の家に遊びに来る。本当は無邪気で甘えたがり。素顔で過ごす、二人だけの時間。
スニーカー文庫

黒雪ゆきは
Kuroyuki Yukiha
画｜魚デニム
ill.Uodenim
極めて傲慢たる悪役貴族の所業
The Deeds of an Extremely Arrogant Villainous Noble
カクヨム
《異世界ファンタジー部門》
年間ランキング
第1位
悪役転生×最強無双——
その【圧倒的才能】で、
破滅エンドを回避せよ!
俺はファンタジー小説の悪役貴族・ルークに転生したらしい。怪物的才能に溺れ破滅する、やられ役の“運命”を避けるため——俺は努力をした。しかしたったそれだけの改変が、どこまでも物語を狂わせていく!!

スニーカー文庫

すめらぎひよこ
illustration
Mika Pikazo
background painting
mocha
ep.1
魔王城、燃やしてみた
我が焔炎にひれ伏せ世界
12年ぶり「大賞」受賞作!
最強爆焔娘の異世界コメディ!
(あわよくば何か燃やしたい……)という欲求を抱いていたホムラは異世界へと招かれる——。燃やすことこそ大正義! 焼却処分はエクスタシー!! 圧倒的火力で世界を制圧していく残念美少女ホムラの行く末は!?
第27回
スニーカー大賞
大賞
スニーカー文庫
The Devil's Castle, Burning
By my flame the world bows down
スニーカー文庫

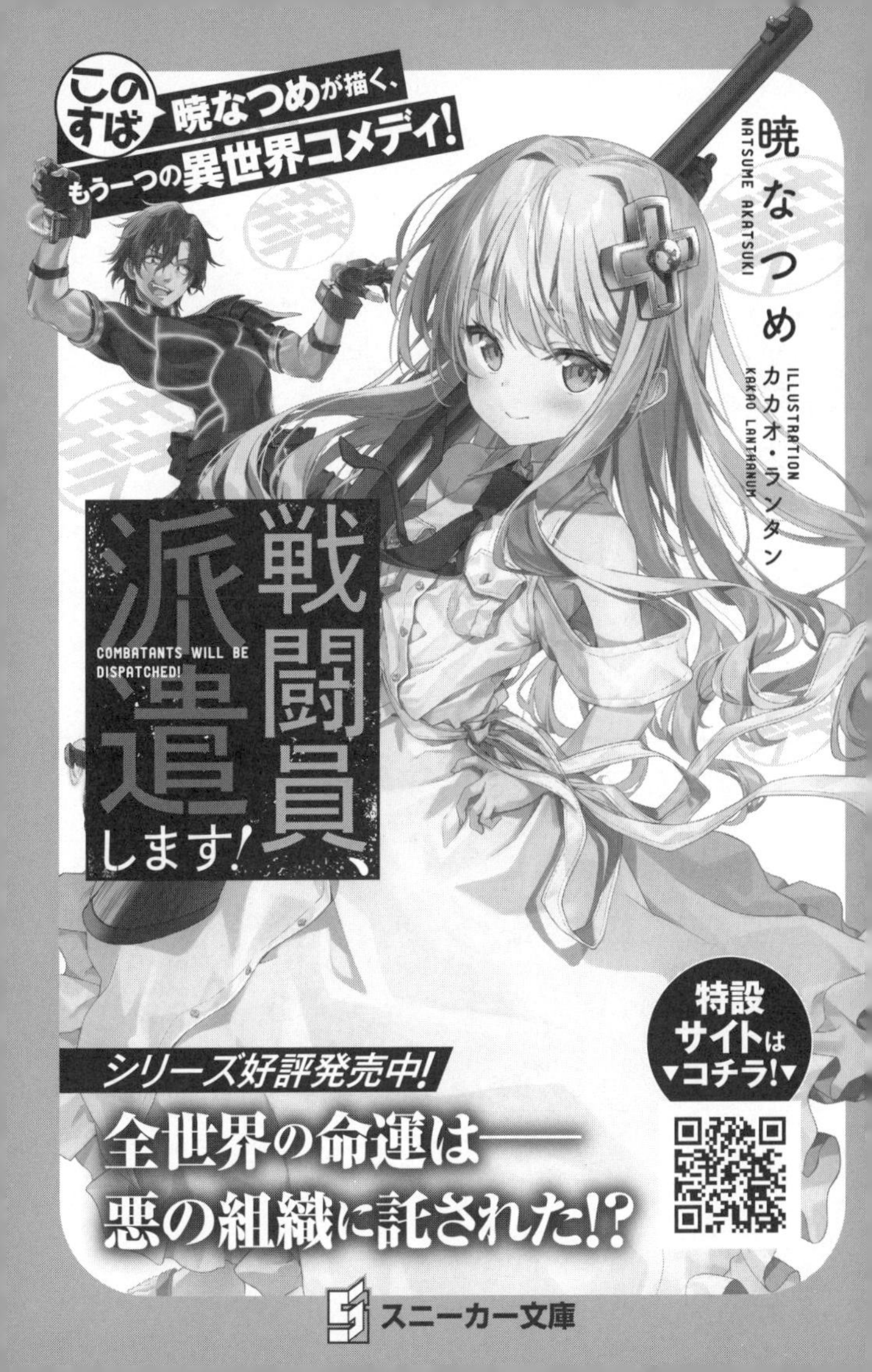
このすば
暁なつめが描く、
もう一つの異世界コメディ！
暁なつめ
NATSUME AKATSUKI
ILLUSTRATION
カカオ・ランタン
KAKAO LANTHANUM
戦闘員、派遣します！
COMBATANTS WILL BE DISPATCHED!
シリーズ好評発売中！
全世界の命運は——
悪の組織に託された!?
特設サイトは▼コチラ！▼
スニーカー文庫

真の仲間じゃないと
勇者のパーティーを
追い出されたので、
辺境で
スローライフ
することに
しました
Banished from the brave man's group, I decided to lead a slow life in the back country.
ざっぽん
illust.やすも
お姫様との幸せいっぱいな
辺境スローライフが開幕!!
WEB発超大型話題作、遂に文庫化!
コンテンツ
盛り沢山の
特設サイトは
コチラ!
シリーズ好評発売中!
スニーカー文庫

静かに過ごしたいのに、
なぜか《S級美女》と
学園ハーレム
ラブコメに!?
なぜかS級美女達の話題に俺があがる件
脇岡こなつ
ill. magako
《S級美女》と呼ばれる女子高生・姫川沙羅、小日向凛、高森結奈。彼女たちが噂しているイケメンは学校一地味な俺!? 静かな高校生活を送るため、彼女たちに嫌われようと動くのだが全てが裏目に出てしまい……。
スニーカー文庫

きみの紡ぐ物語で
世界を変えよう。
第30回
スニーカー大賞
作品募集中!
大賞 300万円
+コミカライズ確約
金賞 100万円
銀賞 50万円
特別賞 10万円
締切必達!
前期締切
2024年3月末日
後期締切
2024年9月末日
詳細は
ザスニWEBへ
https://kdq.jp/s-award
イラスト／カカオ・ランタン